AF222555

„EISKALTER ATEM"

Herausgeber Eberhard Traum

Friedhelm Materne

„EISKALTER ATEM"
Erzählung

Erlebnisse eines Jungen,
der zwischen 1945 und 1953
mit der Familie viermal flüchten musste

„Die Qualität der Fluchten verändert sich, aber die Qualität des Schmerzes bleibt auf höchstem Niveau"

Friedhelm Materne

Titelfoto : Bildarchiv
Preußischer Kulturbesitz / Berlin
Textbearbeitung : Eberhard Traum
Die Zeichnungen im Text stammen
von der Grafikerin
Judith Giefer, Köln

Bibliographische Information
Der Deutschen Bibliothek

Die Deutsche Bibliothek verzeichnet diese Publikation
in der Deutschen Nationalbibliografie ; detaillierte
bibliografische Daten
sind im Internet über http://dnb.ddb.de abrufbar.

ISBN 978-3-8370-1133-3

Herstellung und Verlag
Books on Demand GmbH, Norderstedt

Copyright © 2007 Friedhelm Materne

Mein Dank gilt in erster Linie meiner Ehefrau Ingrid, die geholfen hat, Erlebnisse abzurufen und in geschriebene Worte zu übertragen. Manchmal kamen die Erinnerungen schneller, als sie schreiben konnte.

Meinen Kindern Michael, Ulrike, Thomas und Markus möchte ich mit auf den Weg geben, dass sie immer mit dafür sorgen sollen, dass sie nie Erfahrungen machen müssen und sie dann wie ich, ein Leben lang nicht abstreifen können.

Und den Enkelkindern wünsche ich mehr Geduld, wenn sie vielleicht mal auf ihre Pommes Frites etwas warten oder vielleicht ganz auf sie verzichten müssen.

Friedhelm Materne

Wichtigste Stationen der Flucht :

Klarenwald　　　(heute - Chrzastowa Wlk.)

Liegnitz　　　　(heute - Legnica)

Hirschberg　　　(heute - Jelenia Góra)

Kleiner Ort, etwa 10 Kilometer nördlich von Prag, leider nicht mehr namentlich in Erinnerung.

Hennigsdorf　　(heute - Pegów)

Ein ehemaliges Gefangenenlager, irgendwo bei Swinemünde, war die letzte Station. Namentlich leider nicht mehr in Erinnerung.

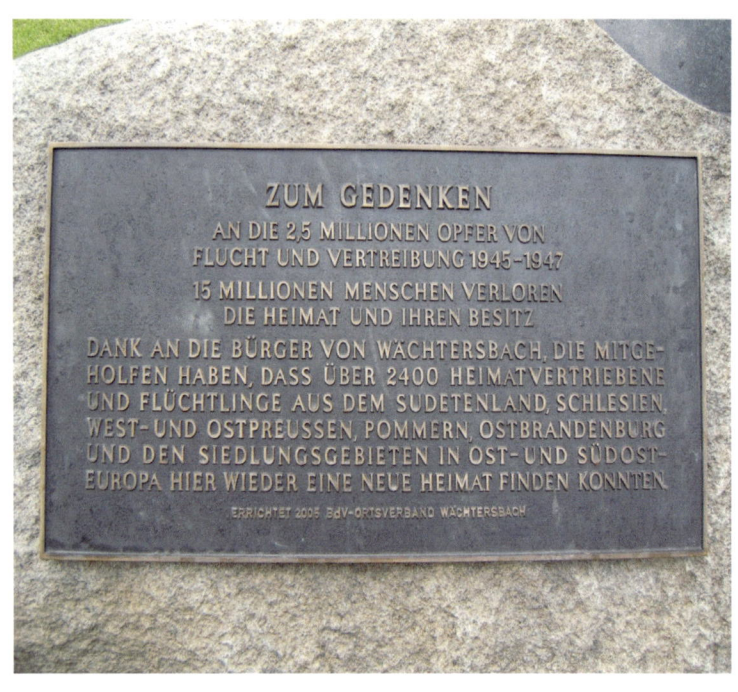

Zum Gedenken an die 2,5 Millionen Opfer von
Flucht und Vertreibung 1945 – 1947
15 Millionen Menschen verloren die Heimat und
ihren Besitz

Kapitel-Übersicht

Prolog   9

Kapitel 1   *Auf dem Weg zu Rübezahl*   14

Kapitel 2   *Das Los der Unterlegenen*   40

Kapitel 3   *Zugfahrt des Grauens*   56

Kapitel 4   *Lauscher, Lügner und*   67
             Leinsamenanbau

Epilog   81

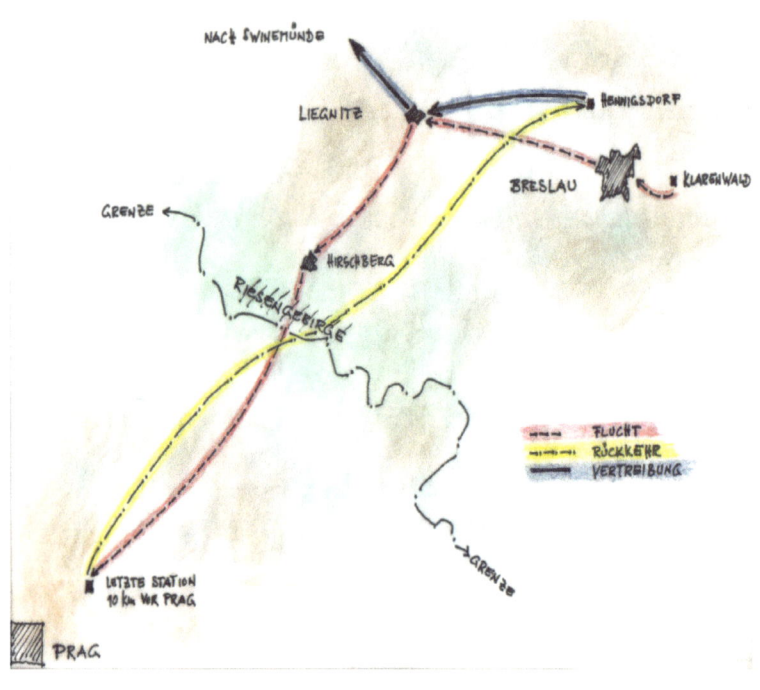

Legende :

Flucht   (rot)
                  durchs Riesengebirge Richtung Prag
Rückkehr   (gelb)
                  zurück nach Hennigsdorf
Vertreibung   (blau)
                  Richtung Swinemünde / Ostsee

Prolog

Schlesien - Heimat, familiäre Wurzeln, Freunde, Traditionen.

Für einen damals 12-jährigen Jungen waren das Begriffe, mehr nicht. Der Begriff Freunde war noch am verständlichsten von allen, aber das ist in dem Alter normal. Die Jugendzeit, die gerade erst begann, wurde mit einem Mal einfach übersprungen und man gehörte plötzlich zu denen, die schon erwachsen waren. Ich lernte bereits früh, dass man zum Fliehen nicht zu jung sein kann.

Viele Jahre später, genau gesagt 60 Jahre, hat man zu den Erlebnissen einen anderen Bezug. Was bislang nur schwer zu ertragen und zu verarbeiten war, kann nun, mit dem gewaltigen Abstand von mehr als der Hälfte eines Lebens, aus den Erinnerungen getilgt und für die Nachkommen dokumentiert werden.

Die erste Flucht fand zwar unter gewissen Zwängen statt, aber auch gleichzeitig freiwillig. Mutige konnten oder wollten bleiben. Wer Angst hatte, in die Hände von Menschen zu geraten, die einem mit höchster Wahrscheinlichkeit nicht wohl gesonnen waren, flüchtete freiwillig, unter eigener Verantwortung und Kontrolle.

Man hatte sich darauf eingestellt, womit und in welche Richtung, mit wem und wie lange man flüchten wollte.

Manche hatten sogar ein genaues Ziel vor Augen.

Die Menschen legten auf dieser Flucht sogar noch ein bisschen Wert auf ihr Äußeres.

Anfangs gab es noch zu essen und zu trinken. Die Bauern konnten ihre Habseligkeiten auf Pferdewagen verteilen.

Da war sogar für die Standuhr oder andere wichtige Erbstücke noch Platz auf dem Transport.
Andere Leute hatten sich Handwagen und andere Karren organisiert. Sogar die Kinderwagen, mit den Babys drin, eigneten sich als Transportmittel.

Die zweite Flucht war mehr als Rückkehr zu bezeichnen. Aber diese Rückkehr war geprägt von unsagbaren menschlichen Qualen, die sich ein normal denkender Mensch nie hätte vorstellen können. Die Menschen waren einerseits mit viel Hoffnung auf dem Weg zurück in die verlassene Heimat, aber andererseits entsetzt über die Erlebnisse, die sie bis ans Ziel begleiteten. Die seelische Verstümmelung war offensichtlich. Nur mit viel innerer Stärke und Abwehrhaltung, das alles in sich aufzunehmen, konnte es ertragen werden.

Die dritte Flucht war von Freiwilligkeit so weit entfernt, wie Tropenregen vom Südpol. Und ein Ziel gab es schon gar nicht. Da war die Hoffnung, dass es nicht so schlimm werden wird, eine lebensfördernde Einstellung.
Ansonsten musste man sich an Zwang gewöhnen. Sogar ein Herr Professor hatte zu lernen, dass er sich erst bewegen darf, wenn jemand den Befehl dazu gibt.
Da wurde die Zeit, die Richtung (manchmal) und der Umfang des Gepäcks festgelegt, sowie Essen, Trinken und Schlafen. Vor allem konnte man nicht bestimmen, wen man als Begleiter haben möchte. Die Menschen, die man niemals verlieren wollte, waren plötzlich ganz woanders. Andere nahmen ihren Platz ein. Persönliches Leid wurde zum ständigen Begleiter.

Die bei der ersten Flucht noch gehüteten und so wichtigen Gegenstände, verloren ihren Status und waren nur Ballast. Und wer zu viel Fragen stellte oder sich auflehnte, konnte das Ziel der Flucht vielleicht nicht einmal kennen lernen.

Die vierte Flucht hatte sich in mancher Hinsicht ein bisschen dem genähert, was man bei der ersten Flucht schon erlebte. Nur war es diesmal nicht gewissen Zwängen unterworfen. Man musste ja nicht, man wollte weg.
Wohin man flüchten wollte, war wieder zu 90 % wählbar, mit wem auch immer und manchmal sogar mit den Dingen, die einem lieb und teuer waren. Es gab ein Ziel vor Augen. Zu essen gab es auch und die Zeit, die es dauern könnte, war auch so ungefähr abzuschätzen.
Alles ein bisschen planbar und beruhigend, kannte man es doch aus der Vergangenheit auch anders. Nur geheim musste alles bleiben, ansonsten konnte man seine Wunschvorstellungen begraben.

Trotzdem war jede Flucht auch immer ein Drama. Man musste die gewohnte Umgebung und Freunde verlassen, hatte den gewohnten Lebensstandart verloren, Lebensqualitäten eingebüßt oder die Gewissheit vor Augen, alles wieder von vorn beginnen zu müssen.
Ein Neuanfang hat ja immer einen gewissen Reiz, aber nach mehreren Fluchten ist das nicht mehr so prickelnd. Umstellen, neu orientieren und Gewohnheiten ändern, eine ständige Herausforderung.
In einer unbekannten Umgebung neue Freunde finden,

vielleicht alles ohne den wärmenden Schoß der Familie, zerrt an den Nerven und macht empfindlich.

Eine Wohltat, wenn man dann endlich angekommen ist und sich wieder wohl fühlt. Aber im Hinterkopf wird sich immer das Gespenst „Aufbruch" in Erinnerung rufen, Körper und Geist auf die Eventualität vorbereiten. Das ist ein Gefühl, das sich nie aus dem Kopf verabschiedet.

Trotzdem verliert der Schrecken von einst seine Wirkung und die Gewohnheit tritt an seine Stelle. Aber die Seele wird damit nie fertig und der Mensch ist nie wieder im Leben, was er einmal war. Fröhlich und unbelastet.

Den Verlust von geliebten Menschen nimmt man als gegeben hin. Die Vergänglichkeit ist im christlichen Glauben eine feste Größe und die Trauer ist überwindbar.

Aber die Traurigkeit, über den Verlust der Heimat, ist nicht zu überwinden. Das gelingt einem erst mit dem eigenen Tod.

Ortsplan von Klarenwald /Marienwald

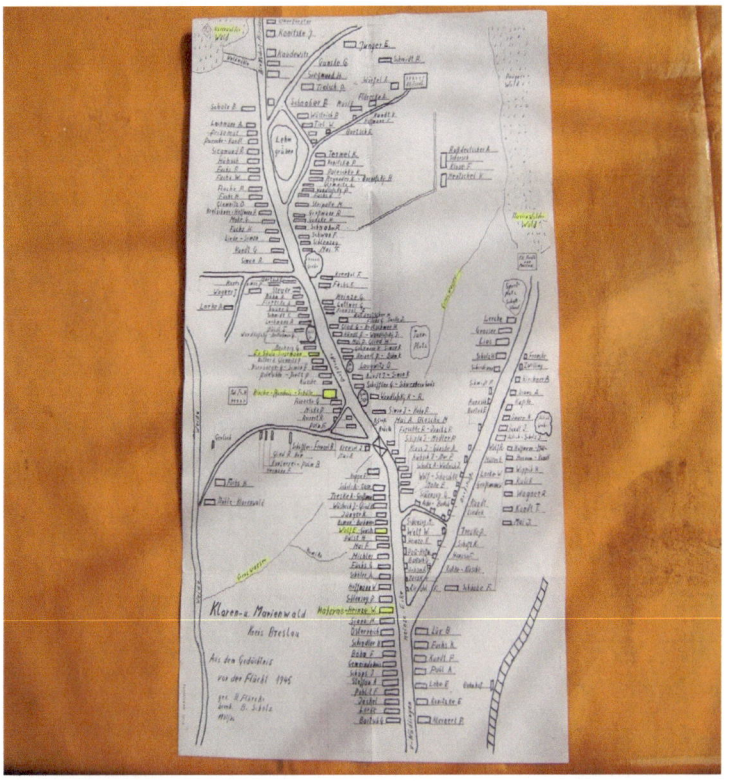

Kapitel 1

FRIEDHELM   - geb. 1932 in Klarenwald / Schlesien.
Es ist Anfang Januar 1945, als Friedhelm, gerade 12 Jahre alt,
seine erste Flucht erlebt. Die russische Armee stand 15 Km
vor Klarenwald. Tagestemperatur minus 23° C.

*„Es ist nicht leicht, ein ganzes Leben etwas wie einen
Rucksack mit sich herum zu schleppen. Auch wenn
man gelernt hat, dass die Zeit alle Wunden heilt,
geht man trotzdem mit Gedanken im Kopf durch
den Tag, die Nachts in den Träumen eine belastende
Fortsetzung haben.*

*Niemals wieder davon reden, niemals wieder erinnert
werden. Das sind Floskeln, womit niemand leben
kann. Die einzige Möglichkeit, die Erinnerungen
an eine Zeit der Gewalt, des Hungers, des Tötens
und des ohnmächtigen Zusehens loszuwerden, ist
nur gegeben, wenn man es endlich ausspricht oder
niederschreibt.*

*Jetzt möchte ich den Speicher in meinen Kopf
endlich freimachen, alles in einen Aktenordner ver-
schieben. Das Wissen, in den Erinnerungen diese
Schublade aufgeräumt und geleert zu haben, macht
den Kopf frei und bringt Platz für andere Dinge. Es
gibt einem das Gefühl, dass eine Arbeit geschafft ist
und man nicht mehr daran denken muss,*

noch etwas Unerledigtes vor sich her zu schieben.
Auch wenn es scheint, es sei zu spät dafür, habe ich
mich zur eigenen Zufriedenheit dazu entschlossen,
meine Geschichte aufzuschreiben.
Den Anspruch auf Exklusivität und des Einmaligen
kann und will ich damit nicht erheben.
Es dient ausschließlich meiner eigenen Seele, ein bela-
stendendes Thema in meinem Leben zum Abschluss
zu bringen !"

Friedhelm Materne

Klarenwald

Die letzten Kriegsmonate waren die Katastrophe an sich.
Sie liegen mittlerweile 62 Jahre zurück, aber sie kleben
wie festgefroren in den Erinnerungen.
Es war 1944, immer noch Krieg. Nach den Sommerferien
gab es einen Schock für uns, denn unser Lehrer Walter
Hirsemann musste zum Militär. Er wurde eingezogen und
wir standen ohne Lehrer da. Hirsemann gehörte der SA
an, was uns Jungs aber wenig sagte und so richtig berührt
hatte es auch niemanden. Hirsemann war streng, aber
trotzdem ein guter Lehrer, der uns forderte, aber auch
gerecht behandelte. Er unterrichtete in unserer Klasse alle
Fächer. Vom Schreiben, Lesen, über Religion, Musik und
Sport, bis - eben alle Fächer.
Unsere evangelische Schule hatte zwei Klassen- räume.
Insgesamt waren wir etwa 50 – 60 Schüler an der Schule.
Je zur Hälfte Jungen und Mädchen.

Durch den Schichtdienst an der Schule, die Klassen fünf bis acht kamen Vormittags von acht Uhr bis 13 Uhr, die Klassen eins bis vier von 13 Uhr bis 17 Uhr, teilten sie sich die zwei Klassenräume und so gab es in jeder Klasse etwa 12 bis 15 Schüler.

Walter Hirsemann versah den Schichtdienst an der Schule mit einem Lehrer, den wir unter uns nur „Flachmann" nannten.

Der war Alkoholiker und schickte im Unterricht manchmal ein oder zwei Schüler los, Bier und einen kleinen Schnaps zu holen. Wenn er dann „zu" war und nicht mehr so bei der Sache, packten wir unsere und verschwanden einfach.

Eines Tages war die Herrlichkeit beendet, denn er wurde über Nacht abkommandiert und die Dauer der Schulstunden wurde nicht mehr durch uns selbst festgelegt. Der Schichtdienst war damit ebenfalls zuende, denn nun war Hirsemann allein für uns zuständig.

Spaß hatten wir immer, wenn Gartenarbeit angesagt war, denn jeder Schüler der oberen Klassen hatte ein Beet im Schulgarten, das er betreute und pflegte. Man durfte anbauen, was man wollte. Im Gerätehäuschen standen die Spaten und Rechen für uns.

Jeder hatte auch seine Geräte in Ordnung zu halten.

Der Faulste von uns hatte Kaninchen zuhause und zog Löwenzahn. Alles, was nicht nach Löwenzahn aussah, zupfte er raus.

Alle anderen zupften den Löwenzahn raus. Wenn Blütezeit war, hatte der Kerl immer das schönste Beet.

Sport war auch ganz spannend, denn Schwimmen sollten wir alle bei Hirsemann lernen. Auf der Brücke über unserem Grenzwasser stellten sich alle auf und mussten bei drei die zwei Meter in den Bach hüpfen. Die, die nicht gleich schwimmen konnten und mehr Wasser geschluckt als verdrängt haben, wurden von Hirsemann aus dem Wasser gefischt.

Irgendwann konnten dann aber alle schwimmen.

Das Vertrauen gegenüber unserem Hirsemann war schon ziemlich groß.

Er unterrichtete auch Religion, die aber sicher von der Sichtweise der Nazis beeinflusst wurde, denn er sagte immer : „Eigentlich ist das richtige Gotteshaus die freie Natur. Nicht das von einer Firma gebaute Haus, dessen Größe und Ausstattung sich nach dem jeweiligen Geldbeutel richtet !"

Da mussten wir also nicht unbedingt reingehen. Und irgendwie hatte Hirsemann damit Recht, denn das eigentliche Gotteshaus ist wirklich die Natur. Der Wald, die Wiese, das Baumhaus, der See. Dinge, die uns zeigten, dass da im Wechsel der Jahreszeiten immer wieder Neues entsteht.

Und das wurde nicht vom Altar oder der Kanzel aus gesteuert. Das sehe ich bis heute so, gerade auch, weil ich in der Zeit des Flüchtens so wenig kirchlichen Beistand erfahren hatte und die Kirchen leere Hüllen waren.

Unser Hirsemann war dann eines Tages etwas einsilbig und verabschiedete sich ganz plötzlich von uns mit einem sehr zaghaften „Heil Hitler", was die meisten schon gar nicht mehr mitbekommen haben, denn sie waren schon fast alle aus dem Klassenraum verschwunden und auf dem Heimweg. Dieser Hitlergruß war so automatisch wie „Pause". Hirsemann wurde an die Front geschickt.

Klarenwald und die ganze Umgebung war flach wie eine Flunder. Ein paar kleine Geschäfte und ein Gasthaus, keinerlei Industrie und alles andere war Landwirtschaft.

Und wegen der Landwirtschaft haben wir uns natürlich auch an ganz unterschiedliche und auch strenge Gerüche gewöhnt. Etwa fünf bis acht Kilometer in nordöstlicher Richtung gab es ein Gefangenenlager, das wussten wir. Wenn der Wind in Richtung unseres Dorfes stand, haben wir ab und zu süßlichen Geruch bemerkt. Die Geruchswolken kamen dann direkt aus Richtung Gefangenenlager. Wir Jugendlichen fragten nicht, was das sein könnte und die erwachsenen sagten nichts.

Entweder sie wussten auch nichts oder sie schwiegen einfach. An einem Freitag konnte ich mit dem Nachbarsjungen, der in meiner Klasse war, mit dem Pferdewagen ins Lager mitfahren. Sein Vater musste dort Baumaterial holen, Balken und Bohlen. Sie wurden dort aus den Baumstämmen gesägt. Im Lager liefen lauter Gefangene rum und arbeiteten.

Der Geruch kam wohl aus dem großen Schornstein, wo man das schadhafte Holz einfach verbrannte und damit die Heizung, sowie die Warmwasser- versorgung betrieb. Denn die Gefangenen brauchten ja warmes Wasser zum Waschen und Baden. Eine plausible Erklärung. Heute denke ich manchmal darüber nach, welchen Arbeiter ich dort zum letzten Mal gesehen haben könnte.

Ansonsten war das Leben wirklich nicht besonders aufregend. Aufregung gab es erst, als wir evangelischen Schüler in die katholische Schule gehen sollten. Denn die katholische Schule hatte eine Lehrerin, die nicht einberufen wurde.

Nun sollten wir auf Anordnung, weil Hirsemann nicht mehr da war, mit in die katholische Schule gehen. Das war natürlich fast wie Gotteslästerung und zeigte, dass wir unterschiedliche Menschen waren und getrennt werden mussten

Nur auf dem zwei Kilometer langen Schulweg waren wir nicht in getrennten Glaubensformationen unterwegs.

Als wir am ersten Tag vor der Schule standen, wurden wir nicht reingelassen.

Die herbeigerufene Militärpolizei brachte uns evangelische Schüler mit Gewalt in der Schule unter. Die Lehrerin hatte es dreimal versucht, uns auszuschließen, musste aber dann ihre Trennungsversuche aufgeben. Die Militärmacht war stärker.

Nur der Unterricht ging an uns evangelischen Schülern vorbei. Unterrichtet wurden nur die katholischen Schüler. Aber daran hatten wir uns schnell gewöhnt, auf uns lastete weniger Druck.

Nachmittags waren wir dann wieder alle zusammen und das Thema Schule trat weit in den Hintergrund. Manche katholischen Eltern sahen es trotzdem mit Unbehagen, wenn wir Jungen und Mädchen uns mischten und gut verstanden.

Aber die Gemeinsamkeiten waren auf einem anderen Gebiet sehr gefragt.

Wir mussten nämlich unterwegs sein in Klarenwald und als Hitlerjungs Kleider für die Soldaten an der Front sammeln. Die Leute waren allerdings müde vom Krieg und den Begleiterscheinungen.

Manche Türen wurden geöffnet und gleich wieder zugeschlagen, wenn wir nur zum Hitlergruß ansetzten.

Bei dem Knall der Türen erschraken wir und standen manchmal, wie versteinert mit dem erhobenen Arm, sekundenlang vor der verschlossenen Tür. Einige Dorfbewohner verpetzten unwillige Mitschüler bei der Polizei. Die Jungs wurden dann zum Sammeln gezwungen.

Die Kleidersammlungen wurden zwei- bis dreimal im Monat durchgeführt. Die Leute hatten schon gar nichts mehr zum Hergeben.

Außerdem wollten sie nicht unbedingt vor dem nahenden Winter ihre Klamotten einfach so verschenken.

Wenn wir als Schüler nicht schon drei Meter vor einem Erwachsenen den Hitlergruß machten, bekamen wir in der Schule Schläge mit dem Haselnussstock auf die Handflächen.

Eine ganz dumme Geschichte erlebte ein Junge unserer Klasse, als er, wegen nicht ausgeführtem Gruß, von einem Mann beim Rektor angezeigt wurde.

Draußen waren es minus 25° C. Da dachte der Junge, der keine Mütze besaß, an alles andere, als an den Hitlergruß.

Vor der Klasse wurde der Junge von „Flachmann" sofort gemaßregelt und der Lehrer zog kräftig an seinem linken Ohr.

Plötzlich hatte er das Ohr in der Hand. Es war bei der Kälte abgefroren. Zuerst mussten wir lachen, weil das so komisch wirkte.

Als „Flachmann" mit Entsetzen bemerkte, dass er das Ohr in den Fingern hatte und die ersten Tropfen Blut auf den Boden fielen, war es gar nicht mehr komisch und das Lachen verging uns.

Als wenn es etwas zu schützen oder pfleglich zu behandeln gäbe, legte „Flachmann" das Ohr vorsichtig und wortlos auf den Rand seines Tisches.

Es wurde immer schlimmer und unerträglicher, je länger der Krieg dauerte. Die Menschen wurden immer nervöser. Das spürten sogar wir Kinder.

Ein ganz gemeiner Akt war der eines Mitbürgers, der auch im merklichen Desaster nicht von der Linie der Partei ablassen konnte. Der Junge eines Nachbarn, der wegen eines zu kurzen Beines wehruntauglich war, musste mit dem Zug zum Arzt nach Breslau fahren.

Durch sein Handicap verpasste er den Zug zurück nach Klarenwald um 16 Uhr. Auf dem Bahnsteig schimpfte er über einen anderen Fahrgast, der ihm hätte helfen können, aber nicht daran dachte.

„Scheiß auf den Vierer, nehm' ich halt den Fünfer." Sein starker Dialekt machte den gemeinten „Vierer" zum Führer. Ein anderer Fahrgast, der das hörte, setzte sich sofort in Marsch. Der Nachbarsjunge kam nicht mehr in Klarenwald an und wurde nie wieder gesehen.

Die Weihnachtszeit war schon lange kein Fest der Freude mehr. Der Jahreswechsel war auch ziemlich still vorübergegangen.

Das Feuerwerk übernahmen mehr und mehr die anrükkenden russischen Verbände.

Es war ein Freitag, kurz vor dem Wochenende. Anfang Januar, klirrende Kälte und immer dieser Marsch zur Schule. Der Fußmarsch war bei der herrschenden Kälte von minus 23° C auch kein Zuckerschlecken. Der Heimweg zog sich wieder zwei Kilometer durch die Kälte.

Die Wochenenden waren schon lange wenig erfreulich. Unruhe machte sich breit und die verschiedenen Sorgen der Erwachsenen waren beängstigend, obwohl wir jungen Leute das mehr spürten als es zu wissen. Ab und an explodierte in der Ferne etwas.

Am Montag begaben wir uns wieder in aller Frühe auf den gewohnten Fußmarsch in die Schule. Uns wunderte nur, dass uns auf dem Weg dorthin viele Wagen aus Nachbardörfern entgegen kamen. Voll bepackt und schweigsam trotteten einige Leute mit beladenen Handwagen und überladenen Kinderwagen hinterher.

Einige Pferde dampften bei der Kälte, sie müssen bereits einen längeren Weg hinter sich gehabt haben.

Ihr eiskalter Atem war weithin sichtbar.

Da die Leute alle nichts sagten und wir nur im Kopf hatten, rechtzeitig in der Schule zu sein, stellten wir keine Fragen.

Als wir aber dort ankamen, gab es die große Enttäuschung, denn weder der Pfarrer, noch unsere Lehrerin empfingen uns. Irgendeiner aus unserer Gruppe kam dann mit der Nachricht, dass sich am Sonntag bereits alle aus dem Staub gemacht hätten.

Ob es stimmte oder nicht und wo er das gehört hätte, fragte keiner. Angst ging um. Alle rannten los, um so schnell wie möglich nach Hause zu kommen.

Zuhause angekommen erfuhren wir dann, dass nicht mal unsere Eltern davon wussten, dass andere schon auf der Flucht waren.

Ohne auch nur lange darüber nachzudenken, wurde in den Häusern im Eiltempo gepackt. Ich war mit meiner Mutter und dem zwei Jahre älteren Bruder Paul allein, denn die beiden ältesten Brüder, Kurt und Walter und der Vater, waren beim Militär.

Wo genau, wusste keiner. Meine ältere Schwester Käthe war bereits verheiratet und lebte bei Trebnitz.

Auf dem Weg zu Rübezahl

Ich kann mich noch genau daran erinnern, dass die kleineren Kinder von den Erwachsenen erzählt bekamen, dass wir eine Reise zu Rübezahl machen würden.

Das machte den Jüngsten sogar noch Spaß und sie dachten dabei an schöne Abenteuer, denn die Geschichten des Bergriesen kannten sie alle.

Und die hohen Berge, die sie bis dahin nie sahen, hatten in vielen von ihnen große Erwartungen geweckt und Wünsche offenbart.

Eine spannende Idee, den Bergriesen zu besuchen. Meine Freunde und ich waren damals zwar schon älter und an den Osterhasen glaubten wir auch nicht mehr, jedoch machte es auch uns Freude, auf den Buckel von Rübezahl zu wandern.

Allerdings hatten wir älteren Kinder auch schon mitbekommen, dass es andere Gründe waren, die uns zu einer solchen Reise zwangen, was uns etwas Sorgen bereitete. Heute noch erkenne ich viele der Kinder in meinen Erinnerungen, die den Buckel des Riesen nie kennen lernten.

Meine Mutter hatte mit uns beiden Jungs Glück, denn wir konnten mit den Schwiegereltern unseres Vermieters in deren Pferdewagen mitfahren. Mit dem Fahrrad wollte niemand flüchten. Der Vermieter hatte nämlich unten im Haus ein Fahrradgeschäft. Alles blieb zurück.

Mutter zog ihren dicksten langen Mantel an, mehrere Schals um den Hals und Kopftücher umgebunden. Paul und ich hatten noch unsere Klamotten an, die wir in der Schule bereits trugen.
Ein bisschen Ersatzkleidung und etwas Verpflegung, das war's.
Nach kurzer Zeit war das ganze Dorf mit Sack und Pack auf der Flucht nach Westen. Unsere Kaltblüter, ruhige und zuverlässige Arbeiter, ließen sich vor die Wagen spannen und warteten geduldig auf das Kommando. Manche von uns hatten Wagen für zwei, andere einen Wagen für nur ein Pferd.
Nach und nach stellten sich die etwa 20 Wagen hintereinander auf und als alle aus dem Dorf versammelt waren, ging es los.
Einige Bauern hatten über ihren Wagen sogar Planen spannen können. Sie schraubten Metallbügel an den Seitenwänden fest und hatten so Schutz gegen Wind und Schneefall und vielleicht auch gegen die Kälte.

Es hieß, dass die Rote Armee schon 15 Kilometer vor unserem Ort stehen würde. Viele Tränen gab es, weil die Haustiere zurückbleiben mussten.
Das eigene Überleben stand an erster Stelle, dann erst das Vieh. Die Hofhunde blieben an der Kette und Kühe und Schweine, Hühner, Enten und Kaninchen, mussten in den Ställen bleiben. Manches Federvieh bekam schnell noch eins über den Kopf und wurde als Proviant mitge-

nommen. Unterwegs flogen die Federn von den Wagen, wenn sie noch warm genug waren, um gerupft zu werden.

Kleine Kinder konnten das nicht begreifen und so wurde in wenigen Fällen ein Auge zugedrückt und die kleine Katze oder ein Hund mitgenommen.

Ein Mädchen streichelte immer wieder ihre „Püppi", eine kleine wuschelige Terrierdame : „Alles ist gut, du bist bei mir in Sicherheit !"

Interessant war, dass bei der ganzen Aktion große Hektik nicht aufkam. Vielleicht lag es an unserem Ortsgruppenleiter, der sich uns per Fahrrad anschloss und bis ins 20 Kilometer entfernte Breslau begleitete. Er war so ziemlich der einzige, der eine Richtung vorgeben konnte.

Er wählte den Weg über Breslau und erklärte allen, dass man sich dann immer weiter Richtung Westen halten müsse. Vielleicht hatte er selbst ab Breslau andere Pläne.

Er war allein, denn seine Familie war schon lange woanders - wo, das wusste keiner.

Was dann aber in Breslau passierte, konnte keiner erahnen oder sich vorstellen. Der Ortsgruppenleiter hat sich, als überzeugter Nazi, selbst erschossen.

Aus Angst hatte er keine Chance gesehen, weiterzuleben, wenn ihn die anrückende Rote Armeeerwischen würde.

Er schien alles vorher geplant zu haben, ohne jemanden davon zu unterrichten.

Jedenfalls brachte er uns vorher noch durch Breslau, denn auf der Ostseite, durch die wir in die Stadt kamen, wurde bereits alles abgesperrt.

Ohne Aufenthalt ging es auf der Westseite wieder raus aus der Stadt. Es war Glück, dass wir überhaupt noch rechtzeitig wieder aus der Stadt heraus kamen, denn gleich darauf wurde auch diese Öffnung geschlossen und Breslau zur Festung erklärt.

Obwohl unser Ortsgruppenleiter Nazi war, tat er den meisten jedoch leid, denn er hatte viele unschöne Dinge erleben müssen. Als Landwirt bewirtschaftete er einen Hof in Klarenwald und hatte einen polnischen Kriegsgefangenen als Helfer zugeteilt bekommen.

Seine geistig behinderte Tochter packte ebenfalls auf dem Hof mit an. Der polnische Arbeiter vergewaltigte die Tochter eines Nachts und ist sofort abgehauen. Er wurde nie wieder gesehen. Die Tochter wurde schwanger und das Kind abgetrieben.

Danach, so wurde erzählt, kam die Tochter in ein Heim, denn der NSDAP war es höchst peinlich, so eine Person in den eigenen Reihen zu haben.

Behindert und von einem Polen geschwängert. Die Schmach konnte der Vater nie überwinden, was vielleicht mit ein Grund für seinen Freitod war.

Wie es der Ortsgruppenleiter vorher erklärte, ging es weiter Richtung Westen.

Aber von Osten rückten die Russen immer näher und von Westen die Amerikaner. Wir befanden uns wie im Sandwich - mittendrin.

So fiel die Entscheidung, nach Süden in Richtung der tschechischen Grenze, über Liegnitz nach Hirschberg zu ziehen. Nun erfüllte sich ungewollt die Ankündigung an die Kinder, dass wir den Bergriesen Rübezahl besuchen würden.

Wie Kinder nun mal sind, fragten sie sogar einige Male, wann wir endlich dort wären. Da aber die Antworten der Erwachsenen eher widerwillig kamen, ahnten sie, dass etwas nicht in Ordnung sein konnte.

An diesem Punkt der Flucht, an dem wir die Richtung änderten, ereignete sich etwas,

das sich tief in unsere Köpfe bohrte. Viele hundert Kriegsgefangene, die von den deutschen Soldaten durch den Schnee und die Kälte getrieben wurden, hatten nichts an den Füßen, waren barfuß unterwegs. Allein bei dem Gedanken bekamen wir Eisfüße.

Wenn die Russen einen Ort eroberten, wurden die Gefangenen Richtung Westen getrieben, eroberten die Deutschen einen Ort wieder zurück, was immer seltener der Fall war, ging's zurück Richtung Osten. Es war wie eine Ziehharmonika – hin und zurück.

Viele der Gefangenen sahen wir auf unserer Flucht mehrmals. Sie hatten alle Durchfall und durften sich nicht hinsetzen, wenn sie ihre Notdurft verrichten wollten. Ein Tritt in den Hintern und sie mussten aufstehen und im Laufen dem Drang nachgeben.

Es war fast nicht auszuhalten, da wir überlegten, wie das wäre, wenn es uns so ergehen würde.

Das Ende dieses Dramas kam kurz hinter Liegnitz, als es für die deutschen Soldaten fast unmöglich wurde, die halbverhungerten Gefangenen noch weiter im Gefolge zu behalten. Die eigene Sicherheit der deutschen Soldaten geriet in Gefahr.

Wie immer man das heute sehen mag, war es damals eben eine nicht diskutierbare Tatsache. Unser Treck musste anhalten. Die Kriegsgefangenen, die kaum Kleidung besaßen und in Decken gehüllt waren, wurden erschossen. Vier von ihnen mussten ihre toten Kameraden auf LKWs laden und wurden dann ebenfalls erschossen.

Das spielte sich alles ganz ohne Aufruhr und Krach ab. Nur die Schüsse aus den Gewehren zerrissen die Stille der verschneiten Winterlandschaft.

Ich glaube, dass die Kriegsgefangenen froh waren, von den unsagbaren Qualen erlöst zu werden.

Wir Jugendlichen bekamen das alles mit. Die menschliche Neugier, durch nichts zu kontrollieren, ließ uns mal erschaudernd hinsehen, aber auch gleich wieder den Blick weg davon.

Die meisten vergruben das Gesicht in ihre Hände und wollten das gar nicht erst in sich aufnehmen. Viele unserer Eltern weinten still vor sich hin.

„Man hätte sie doch freilassen können, sie hätten niemandem etwas getan", sagte eine Frau ganz leise.

Die Geburt eines Babys, einen Tag vorher, weitete sich an dem Tag auch noch zu einem Drama aus. Das Baby war während der Erschießungsaktion verstorben.

Das tote Baby in eine Decke gehüllt, stand die Frau da und weinte herzzerreißend. Mehrere Männer riefen gleichzeitig nach einer Schaufel, die dann auch von irgendwo gereicht wurde.

Im gefrorenen Boden konnte aber niemand von ihnen ein Loch graben. In einem Straßengraben musste das Kind zurückgelassen werden, abgedeckt unter einem großen Hügel aus Schnee und Eis.

Eine Frau tröstete die Mutter und sagte : „Vielleicht hat sich das Kleine verabschiedet und sich damit großes Leid erspart !" „Vielleicht", antwortete die Mutter und weinte noch ein bisschen mehr.

Danach konnte die Flucht fortgesetzt werden und die deutsche Wehrmacht verteilte vereinzelt Gewehre und Pistolen an die Flüchtenden, damit sie sich im Notfall selbst verteidigen konnten. Munition allerdings gab es keine dazu. Nur das, was noch in den Magazinen steckte.

Die höchste Erhebung im Riesengebirge baute sich in der Entfernung drohend vor uns auf, die 1600 Meter hohe Schneekoppe. Etwas weiter südlich davon musste unser Treck über die nicht ganz so hohen Hügel. Vor Hirschberg legten wir eine Pause ein, die etwa drei Tage dauerte. Ausruhen für den Gewaltmarsch war wichtig, denn die Pferde mussten ihr Meisterstück abliefern und Kraft tanken. Um die gesamte Gegend hatte der Krieg bisher wohl einen Bogen gemacht, denn die Ortschaften,

wie auch Hirschberg, waren völlig unversehrt.

Das Riesengebirge war fast ein Hort der Ruhe, wenn nicht in der Ferne das Donnern der Geschütze zu hören gewesen wäre. Die menschenleeren Höhenzüge hatten etwas mystisches. Der Wind blies gefährlich und unerbittlich über die Bergkämme.

Die Winter waren in dieser Gegend besonders hart. Und das bekamen wir gehörig zu spüren.

Der Treck war auf einem Bauernhof untergekommen, obwohl man uns mit viel Widerwillen aufnahm. Vorher hatten wir auf anderen Höfen mehr Glück.

Da wir die ersten Flüchtenden waren und viele Bauern nicht daran dachten zu flüchten, bekamen wir immer reichlich Verpflegung. Die Hilfe war wirklich enorm.

Den Kindern wurden, das bot sich direkt an, Geschichten von Rübezahl vor dem Einschlafen erzählt. Die erfuhren Spannendes von einem Berggeist, der den Menschen mal als Mönch oder Tier, dann wieder als Bergmännlein oder Riese erscheint.

Er neckt die Wanderer, beschenkt die Armen und hütet die Bergschätze. Wenn man ihn ärgert, sendet er auch schwere Wetter.

Schlimmeres Wetter als wir schon hatten, konnte eigentlich nicht mehr kommen. Und das mit den Bergschätzen war auch so eine Sache, denn der Bergbau war sehr spärlich. Der Ackerbau, wenig ertragreich, wurde bis in große Höhen betrieben.

Die Kinder spekulierten natürlich darauf, dass wir, arm wie wir nun mal waren, reich beschenkt würden. „Vielleicht kommt morgen der Riese oder ein Esel und beschenkt uns", sagte ein dreijähriger Junge zu seiner Mutter, bevor er die Augen schloss und einschlief. Widersprechen wollte dem Kleinen keiner und vielleicht hofften einige sogar auf ein Wunder. Die Augen der Mutter wurden feucht und wollten sich nicht zum Schlafen schließen. Die Kinder wähnten sich dicht vor dem Ziel, den großen Riesen endlich kennen zu lernen.

Als das Baby einer unserer Frauen Nachts ins Bett pullerte, war die Tochter des Bauern so aufgebracht, dass sie uns, das „Pack", sofort rauswerfen wollte. Da wir aber ohnehin die Sachen gepackt hatten und weiter nach Süden wollten, war es egal.

Die Granateinschläge waren bereits sehr oft und sehr deutlich zu vernehmen. Noch etwas in weiter Entfernung, aber immerhin Anlass genug, die Sachen rasch zu packen und zu verschwinden.

Unsere Pferde waren ausgeruht und voller Energie. Sie machten wie gewohnt ruhig und ganz friedlich ihren Dienst, waren durch nichts aus der Ruhe zu bringen. Die Kaltblüter waren eine große Stütze, ruhig und zuverlässig. Da wir nur Wallache und Stuten hatten, gab es auch keinen Ärger oder gar Kämpfe unter den Pferden.

Wir waren vielleicht zwei Stunden weg vom Hof, da kamen die Besitzer hinter uns her, denn die wurden selbst rausgeworfen und mussten sich dem Treck anschließen. So schnell kann es gehen. Die vorher so aufgebrachte Tochter des Bauern war sehr kleinlaut.

Keine Pausen für die Flüchtenden, denn die Rote Armee war teilweise bis auf zehn Kilometer an uns herangekommen.

Unser Fluchtweg wurde dadurch mehrfach zwangsläufig verändert und umgeleitet, denn wir suchten den Weg, wo die wenigsten Schüsse zu hören waren.

In dieser Situation haben es viele ältere Menschen und kleine Kinder nicht geschafft zu überleben. Sie sind einfach erfroren. Ohne eine Bestattung, dazu war überhaupt keine Zeit, wurden sie in den Straßengraben gelegt und weiter ging's.

Plötzlich gab es nur noch vereinzelt Schüsse zu hören. Amerikaner und Russen waren wohl mehr Richtung Breslau unterwegs und vernachlässigten die Riesengebirgsgegend.

Auf dem weiteren Weg Richtung Hirschberg gingen die Vorräte zur Neige und der große Hunger machte sich breit. Es gab kaum noch etwas zu essen und auch die Pferde, die ohne Pause arbeiten mussten, wurden immer schwächer.

Auf dem Weg hatten die Flüchtenden schon Kühe geschlachtet, die über den Weg liefen. Auch verendete Pferde wurden zerteilt. Aber auch das war bald nicht mehr möglich, es fehlte einfach an Nachschub, an verendeten Tieren.

Anfangs fingen wir Vögel, um sie zu essen, aber das war zu mühselig und zum Überleben zu wenig, außerdem ist man davon nicht satt geworden. Mit zaghaften Überlegungen und ohne großes Palaver, haben die Leute schließlich entschieden, Hunde und Katzen zu schlachten, um zu überleben.

Wenn man auf dem Fluchtweg verendete Kühe sah, bei denen sich Hunde bedienten und den Kadaver aufrissen, wurden die Hunde gefangen und geschlachtet. Gedanken machten sich die wenigsten darüber.

Selbst überleben war oberstes Gebot.

Trotz allem gab es bei vielen jüngeren Tränen und auch Würgegefühle im Hals. Schlimm war es, als das kleine Mädchen aus unserem Dorf weinend durch die Gegend irrte und nach ihrer „Püppi" schrie.

Sie hatte geschlafen und wachte neben der leeren Decke auf, in der ihr kleiner Hund immer lag. Das Tier konnte nicht gefunden werden und die Eltern konnten sie vor lauter innerer Zerrissenheit nicht einmal trösten.

An dem Tag mussten sogar die älteren Leute mit einem Kloß im Hals ihre Mahlzeit zu sich nehmen.

Das Riesengebirge in seiner Winterlandschaft machte uns ziemlich sorgen, die Schönheit sah keiner. Bis wir zu einer Pause kamen, mussten wir alle noch kräftig anpacken, denn es ging einen Hügel bergan. Die Pferde hatten ganz schön zu ackern. Oben angekommen, hatten wir entschieden, eine Pause bis zum nächsten Tag einzulegen.

Von oben konnte man nicht weit entfernt ein kleines Dorf erkennen, dass sich vom Fuß des Hügels in den Hang schmiegte. Einer von den Männern meinte, dass es so etwa 200 Einwohner haben könnte. Da es nicht so weit entfernt lag, man musste vielleicht 400 Meter den Hügel runter, haben sich dann gegen Abend ein paar junge Burschen und ich aufgemacht, ins Dorf zu gehen, denn es drang Musik den Hügel nach oben.

Wir konnten uns gar nicht vorstellen, dass da jemand feiern könnte. Das mussten wir uns natürlich ansehen.

Im Ort wurde Kirmes gefeiert, so unwahrscheinlich das auch klingen mag. Wir mischten uns dazwischen und fielen prompt als Fremde auf. Man redete nicht mit uns, denn wir sahen ja aus wie Landstreicher, eigentlich schlimmer.

Wir hörten nur, dass sie nicht daran glauben würden, dass man vor etwas oder jemandem fliehen müsste.

Einer unserer jungen Männer machte sich an eines der Mädchen heran, die das sogar als angenehm empfand und nichts dagegen hatte. Sie turtelten einfach nur so rum, was aber einem Einheimischen gar nicht gefiel. Er drohte uns Prügel an und seine Kumpane standen schon bereit. So schnell wie wir konnten, rannten wir los und entkamen gerade noch einer mächtigen Prügelei. Ich glaube, dass ich noch nie so schnell bergauf gerannt bin, wie an diesem Abend. Und das bei Schnee und tiefem Boden.

Was wir am nächsten Tag erfuhren und hörten, als wir mit dem Treck durch das Dorf mussten, war besonders schockierend.

Bevor wir aber das Dorf erreichten, hatten wir mit meinem Bruder einen Unfall, der schlimm hätte ausgehen können.

Da unsere Wagen nur im Flachland unterwegs waren, hatten sie keine Bremse. Nun mussten wir damit auch bergab fahren.

Auf der Hälfte des Hangs sollte mein Bruder mit einem starken Ast das hintere Wagenrad blockieren und den Ast hinter der Achshalterung einklemmen. Er verpasste beim Laufen, denn die Pferde wurden auch immer schneller, den Punkt und stach den Ast vor der Halterung in die Speichen. Er flog im hohen Bogen nach vorn bis zu den Pferden.

Glücklicherweise wurde es etwas flacher und die Pferde konnten abbremsen. Der Wagen konnte ausrollen.

Mein Bruder war überzogen von blauen Striemen und Schürfverletzungen.

Unser Schock war, dass das Mädchen vom Vorabend schon an den Sohn eines anderen Bauern versprochen war. Sie war erst 15 Jahre alt. Im Dorf heiratete man untereinander, um das Vermögen an Haus und Hof nicht an Fremde zu verlieren.

Das erklärte auch unsere große Verwunderung vom Vorabend, denn es fiel auf, dass so viele junge Leute behindert oder geistig zurückgeblieben waren.

Mit Ekel sind wir, die Erwachsenen und viele der jungen Leute, aus diesem Dorf wieder verschwunden.

Kurz vor der tschechischen Grenze in Hirschberg gab es ein Wiedersehen mit meiner Schwester Käthe, was von großer Erleichterung und mäßiger Freude begleitet wurde.

Stille Tränen mussten dafür herhalten, um die innerliche unbändige Freude zu dokumentieren. Käthe kam mit einer anderen Gruppe aus Trebnitz. Ihr Mann war mit dabei.

Er baute seit Kriegsbeginn für die Wehrmacht Brücken, die bei der Offensive Richtung Osten gebraucht wurden. Er sprach perfekt Russisch und war später eine große Hilfe für alle Frauen im Flüchtlingstreck. Wir schlossen uns dem an, damit wir zusammenbleiben konnten.

Anstatt mit den 20 Wagen, mit denen wir unterwegs waren und die einen anderen Weg einschlugen, reihten wir uns als 15. Wagen in Käthes Treck ein.

Da die Russen dicht hinter uns waren und die Angst umging, hatten es alle ziemlich eilig, und drängten, ohne Pause weiter zu fahren. Bergan mussten alle mithelfen, da die Pferde auch nicht mehr die kräftigsten waren.

Ein 14-jähriger Junge kam bei den schlechten Bodenverhältnissen ins Stolpern, fiel hin und geriet mit dem Kopf unter das Hinterrad des Wagens. Das eisenbeschlagene Rad zerquetschte den Kopf des Jungen wie nichts. „Es knackte wie ein Kürbis, der auf dem Boden zerschellt", sagte einer der Männer ziemlich emotionslos. Der Vater bekam es erst nicht mit und die Mutter saß vorn auf dem Wagen. Als das Geschrei losging, wollte der Vater alles anhalten, aber das ging überhaupt nicht, denn die anderen Wagen hätten den Schwung verloren und alles wäre zum Stehen gekommen.

Die Angst, denn die Russen kamen immer näher, ließ keine Zeit für Trauer oder eine Bestattung.

Der Vater schuftete weiter und die Mutter war nicht zu beruhigen. Sie weinte unentwegt.

Schließlich kamen wir auf dem Weg nach Prag bei einer tschechischen Bauernfamilie unter, die uns freundlich aufgenommen hatte und im Keller einen Platz zuwies. Der Ort hieß Losch, wenn mich die Erinnerung nicht verlassen hat. Bis Prag waren es vielleicht noch zehn Kilometer. Das Kriegsende erlebten wir dort. Die Mutter des überfahrenen Jungen verstarb auf dem Hof und der Vater sprach nicht mehr. Er blieb am Hof und wollte keinen Meter mehr weg, wenigstens bei seiner toten Frau wollte er bleiben.

Ein richtiges Drama ereignete sich, als die Rote Armee einmarschierte. Die anwesenden russischen Gefangenen im Ort versammelten sich in einem großen Mietshaus und jubelten den russischen Kameraden, die mit ihren

Panzern in den Ort einfuhren, mit roten Tüchern zu. Alle befanden sich in einem wahren Siegestaumel.

Die ehemaligen Gefangenen, die sich nun im Mietshaus winkend zeigten, waren euphorisch und überglücklich.

Ihnen war es in ihrem Glück, befreit zu werden, völlig egal, womit sie winkten, nur rot musste der Lappen sein.

Die besoffenen Sieger in den Panzern trugen deutsche Uniformen, die sie den toten deutschen Soldaten aus und sich selbst angezogen hatten.

Sie sahen die Winkenden mit den roten Fahnen und erkannten, dass es wohl Hakenkreuzfahnen waren.

Es war nicht zu unterscheiden, wer nun Russe und wer Deutscher war.

Plötzlich drehten die Panzer ihre Rohre in Richtung großes Mietshaus und legten das Gebäude in Schutt und Asche.

Sie erschossen dabei ihre eigenen Landsleute. Der Jubel der Besoffenen in den Panzern hatte etwas Makabres.

Wir Flüchtlinge betrachteten alle die Situation aus sicherer Entfernung und staunten.

Die russischen Soldaten, die inzwischen alles in Beschlag genommen hatten, suchten sich vornehmlich deutsche Frauen, um sich an ihnen zu vergehen. Viele Male ist das auch gelungen und die Nachrichten darüber waren so grauenvoll, dass einem das Wort im Munde stecken bleibt.

Vorher hatten wir schon gehört, wie das in den von der russischen Armee eroberten Dörfern zuging. Die Soldaten bekamen 24 Stunden freien Auslauf. In der Zeit wurden alle entdeckten Frauen vergewaltigt, auch ganz junge Mädchen waren darunter.

Dieses Wissen und die Angst spukte ständig durch die Köpfe und war einfach nicht zu zerstören.

An unserer Unterkunft wurde auch angeklopft. Käthes Mann hatte sich durch die geschlossene Tür als Russe ausgegeben und gesagt, dass er mit zwei Kameraden schon da ist.

Sie sollen woanders hingehen. Das hatte Erfolg und so ist wenigstens dieses Erlebnis ohne seelische Belastung in Erinnerung geblieben.

Entscheidend für unsere Mutter war, dass sie im Leben immer sehr viel gearbeitet hatte und sich, wie man im Volksjargon sagt, krumm gearbeitet hatte.

Sie war nebenbei auch schon im fortgeschrittenen Alter und somit für die Soldaten nicht mehr interessant. Das blieb auch bei anderen Besuchen der Roten Armee so und brachte uns beiden Brüdern eine Sorge weniger.

Da der Krieg zuende war und man hörte, dass die Deutschen wieder zurück in ihre Heimat und ihre Häuser gehen dürften, wurde mit Erleichterung und Freude aufgenommen und machte uns allen Flügel.

Bei unserem Aufbruch, der uns zurück nach Trebnitz bringen sollte, mussten wir am Ortsausgang von Losch allerdings etwas miterleben, was nicht mehr aus dem Gedächtnis verschwindet. Wir mussten einem grausigen Spektakel zusehen.

Der Bürgermeister des Ortes hatte noch, kurz vor der Kapitulation der Deutschen, von russischen Gefangenen Panzersperren errichten lassen, um die russische Armee aufzuhalten.

Als die dann kamen, fuhren sie einfach durch die Obst-

und Gemüsegärten, die bestellt waren und sich bereits zarte Pflänzchen zeigten.

Das hatte man dem verhassten Bürgermeister nicht verziehen. Als dessen Sohn am Tag unseres Aufbruchs zufällig nach Hause kam, er war bei der deutschen Wehrmacht, musste er mit ansehen, wie sein Vater vom Mob totgeschlagen wurde.

Kapitel 2

FRIEDHELM   - 13 Jahre alt, aber schon etwa fünf Monate auf der Flucht, mit Erlebnissen, die man keinem wünscht. Vier Monate in Henningsdorf bei Trebnitz, dann begann das Drama – die Fortsetzung der Flucht.

War es auf der Flucht, über die Hügel des Riesengebirges schon nicht so einfach, hat sich auf der Rückkehr nach Schlesien etwas ereignet, was für einen 13-jährigen Jungen eigentlich nur schwer zu ertragen ist. Von den anderen, noch jüngeren Mädchen und Jungen, ganz zu schweigen.

Es stellte sich heraus, dass es im Leben immer Menschen gibt, denen ist ein Kind, auch wenn es erst 13 Jahre alt ist, erwachsen genug, um es leiden zu lassen. Es klingt zwar sehr hart und auch unchristlich, aber Wohl denen, die das nicht überlebten, sie wären zu lebendigen Toten geworden.

Die, die als Zuschauer dazu verdammt waren, Zeugen von Gewalttaten zu werden, haben die Erlebnisse jahrelang verdrängt, aber schlussendlich nichts davon vergessen können.

Die Zeit im Leben kommt, beim Einen früher, beim Anderen später, da wird es zu einer ungeheuren Belastung und lässt im Körper immer wieder,
an den unterschiedlichsten Stellen, Schmerzen entstehen. Diese zu bekämpfen, ist eine ungeheure Kraftanstrengung.

Friedhelm Materne

Das Los der Unterlegenen

Das Erlebnis, wie sie den ehemaligen Bürgermeister erschlugen, hatten wir Kinder lange nicht verdauen können. Unsere Rückkehr nach der verlassenen Heimat war ebenso anstrengend, wie die Flucht von dort. Wir mussten das Los der Unterlegenen kennen lernen. Wir mussten erleben, wie es sich auswirkt, wenn man Wind sät und dafür Sturm erntet.

Manchmal muss ich daran denken, dass ich es nicht allein war, der das Grauen miterlebte, sondern meine Kameraden und alle, die mit im Treck waren. Also schließe ich sie in meine Erlebnisse mit ein und rede von *„Uns"*.

Unser Planwagen mit den Habseligkeiten rollte auf die Grenze zu in Richtung Hirschberg. Als wir dort ankamen, mussten wir alles abladen und wurden bis in die letzte Ritze nach Waffen durchsucht. Plötzlich gab es ein undurchsichtiges Gerenne und alles schrie durcheinander. Tschechisch und deutsch und was weiß ich noch für Sprachen.

Es waren wohl unterschiedliche Dialekte und für uns unverständlich.

Wir krochen unter den Wagen und versuchten uns zu schützen, denn wir dachten erst an einen Fliegerangriff.

Doch plötzlich raste ein deutscher Jeep auf die Grenze zu, in dem sechs oder acht Soldaten saßen, die sich versuchten, den Weg freizuschießen. Sie trafen auch einige der tschechischen Grenzsoldaten, aber kurz hinter der Grenze kam der Jeep zum Stehen.

Alle Reifen waren zerschossen worden.

Die deutschen Soldaten hatten diesen Fluchtversuch nicht überlebt.

Unsere Fahrt Richtung Heimat setzten wir fort, nachdem sich alles wieder beruhigt und wir unseren Planwagen wieder beladen hatten. Für eine Pause stellten wir unseren Planwagen geschützt in einen Waldweg, der ziemlich zugewachsen war, sonst hätte man uns vielleicht entdeckt und ausgeraubt.

Wir kannten die Gegend schon von der „Hinflucht", suchten fast die gleichen Wege und wussten so, was auf uns zukommt. Auffallend war und schmerzlich zu sehen, dass auch diese Gebiete inzwischen von Soldaten heimgesucht wurden und viele Höfe leer standen. Die Besitzer waren vertrieben oder tot.

Eine große Sorge war immer, ob wir genügend Wasser für uns und die Pferde bekommen würden. An einem Nachmittag sahen die Leute, die an der Spitze des Trecks fuhren, in der Entfernung einen Hof. Es musste eine Mühle sein, denn man konnte das große Wasserrad erkennen, dass sich gemächlich drehte. Eine der Familien, die im Treck mitfuhren, hatte ein Fernglas und sie sagten, dass der Hof wohl leer stünde, denn es regte sich nichts.

Wir hielten an und die Männer beratschlagten, ob wir den kleinen Umweg, den es für uns bedeutete, machen sollten. Das vermeintlich frische Wasser und die Hoffnung, vielleicht Mehl zu finden, gab den Ausschlag für den Umweg. Zwischenzeitlich hatte der Mann am Fernglas noch ein bisschen genauer die Mühle betrachtet und überraschte mit der Nachricht, dass wir nicht dort hinfahren sollten.

Entsetzen bei den Leuten, denn man hatte sich schon seelisch darauf eingerichtet, etwas auf dem Hof zu finden, was wir auf der Flucht gebrauchen konnten.

Ganz scharf waren die Wagenbesitzer darauf, Flachstahl zu finden, den man biegen konnte und an den Seitenwänden verschraubte. So konnte man nach und nach Trägerteile für eine Plane stellen. Dann waren es wirklich Planwagen. Vorher waren die Leute, die noch laufen konnten, freiwillig zu Fuß neben den Wagen hergelaufen. Die Bewegung hielt warm, aber viele, die reglos auf den Wagen verharren mussten, erfroren dabei. Ein Dach, als Schutz gegen Wind und Wetter, eine große Hilfe.

„Lasst uns nicht dort hingehen", sagte der mit dem Fernglas, wurde aber überstimmt. Auf dem gesamten Weg, der etwa zwei Stunden dauerte, sagte er nichts mehr und wurde, je näher wir herankamen, immer stiller und trauriger. Andere wurden neugierig und fragten besorgt, warum er so still sei und weshalb er sagte, wir sollten nicht den Hof anfahren.

Der Treck wurde angehalten und ein paar Männer gingen die letzten paar hundert Meter allein voraus. Als sie nach zwei Stunden zurückkehrten, waren sie alle klatschnass und hatten Tränen in den Augen. Das Einzige was sie sagten war   „umdrehen". Sie hatten Tränen in den Augen.

Die Nachricht machte auch die ganz stumm, die eigentlich schon alles erlebt hatten. Auf dem Wasserrad waren drei Frauen nackt festgebunden worden und drehten sich mit dem Rad durchs Wasser. Man hatte ihnen die Brüste abgeschnitten. Es konnte noch nicht so lange her sein, dass die Tat begangen wurde. Der Überlauf des kleinen Wasserlochs spülte noch immer blutrotes Wasser in den weiterführenden Bachlauf. Sie lösten die Frauen vom Wasserrad und brachten sie in die Mühle. Mit Steinen deckten sie die toten Frauen ab.

Ein Mann erzählte danach, dass er das schon von einem anderen gehört habe. Das würden die mongolischen Soldaten so machen, um die weiche Haut der Brüste zu gerben und sich daraus Tabaksbeutel herzustellen. Der Mann hätte es besser für sich behalten, denn keiner wollte mehr etwas mit ihm zu tun haben. Man konnte glauben, er hätte selbst bei solchen Taten mitgewirkt. Er packte nach zwei Tagen seine Sachen und verließ freiwillig unseren Treck.

Nach langer Fahrt, über vielleicht drei oder gar vier Tage, erreichten wir einen verlassenen Gutshof und machten eine längere Pause, die uns und den Pferden unheimlich gut tat.

Bei solchen Gelegenheiten nutzten wir die Möglichkeit, auf den verlassenen Höfen Rast einzulegen. Die zwei Tage im Gutshof wurden für viele Arbeiten genutzt, zu denen man auf der Wanderung nie gekommen wäre. Reparatur von Wagenteilen, Schuhe und Klamotten trocknen, um nur einige zu nennen.

Die erfreulichste Entdeckung war ein Brunnen, aus dem wir für Mensch und Tier frisches Wasser schöpfen konnten. Einige heizten auch Wasser, um sich mal richtig zu waschen und die Frauen wuschen ihre Haare. Das mit den Haaren war überhaupt so eine Sache, denn die wuchsen ja immer weiter. Die Frauen verbargen ihre Pracht unter Kopftüchern, aber die Männer nahmen einfach eine Schere und schnitten sie ab. Sie sahen fast alle aus wie der Max aus „Max und Moritz" von Wilhelm Busch.

Vielleicht kam daher auch der Name Bubikopf, denn die Männer sahen nämlich wie ein Bubi aus.

Rasieren war ein anderes Problem. Manche hatten ein Klappmesser, wie es die Friseure besaßen und konnten sich damit rasieren. Voraussetzung aber war, dass es auch Seife gab. Die fanden sie oft auf den verlassenen Höfen. Andere mussten sich mit einem Bart rumschlagen. Nach mehreren Wochen glichen sich die blonden Männer auf der einen und die dunkelhaarigen auf der anderen Seite so sehr, dass man sie nur an der Stimme unterscheiden konnte.

Mager waren sie nämlich alle. Da konnten wir Jungs nur müde drüber lächeln.

Warmes Wasser zum Rasieren sollte auch sein und da gab es oft ein Problem, denn die Zündhölzer waren Mangelware. Und diese Tatsache weitete sich oft zu einer kleinen Katastrophe aus. Nach den kleinen Dingen des Alltags wurde oft als erstes in den Höfen, die wir aufsuchten, gefahndet.

Erholt von den Strapazen, machten wir uns von dort wieder auf den Weg.

Plötzlich gab es einen Schrei, den wir zwar hörten, aber nicht übermäßig reagierten. An solche Dinge hatte man sich fast gewöhnt und ist schon gar nicht mehr erschrokken. Viele Erwachsene schauten manchmal gar nicht in die Richtung, wo der Schrei herkam. Aber diesmal war es alles anders, denn der Schrei kam direkt vom Brunnen, den wir gerade passierten. Dicht neben uns.

Der Brunnen war während der zwei Tage zentraler Punkt auf dem Gutshof, wo sich alle mindestens einmal am Tag trafen.

Die junge Frau, die am Brunnen so schrie, hielt sich den Magen und würgte. Dabei wendete sie angeekelt den Blick von der Brunnenöffnung und hielt sich die Hände ins Gesicht vergraben. Einer der Männer ging auf den Brunnen zu, schaute hinein und blieb stumm.

Nach einer Weile sagte er nur : „Fahrt weiter, es ist nichts, fahrt weiter !" Er nahm die junge Frau in den Arm und brachte sie zu einem der Planwagen unseres Trecks. Neugierig geworden, liefen einige Jungs zurück und schauten in den Brunnen.

Als sie wieder zu uns auf den Wagen kletterten sagten sie nur : „Da liegen zwei tote Soldaten drin !"

Kaum einer reagierte darauf und nach einer Weile sah man nur, wie die gefüllten Flaschen, auf den Wagen als Proviant verstaut, eine nach der anderen in den Graben entleert wurden.

Als einer der jungen sagte, dass man sich doch damit wenigstens hätte waschen können, oder es den Pferden geben, bekam er von seinem Vater eine Ohrfeige.

In dem Zusammenhang erinnere ich mich an die Verpflegung auf der Flucht überhaupt. Immer wenn wir an verlassenen Höfen vorbeikamen, schauten wir nach, was es an Verpflegung geben könnte. An die Pferde, die unser ganzes Vermögen, die größte und zuverlässigste Hilfe darstellten, dachten alle meist zuerst. Wir nahmen Heu mit und Rüben, so viel wir bekommen und unterbringen konnten.

Wenn wir ganz viel Glück hatten, fanden wir für die Pferde sogar mal ein paar Säcke Hafer, aber wirklich selten.

Für manche unserer Pferde war es trotzdem nicht genug,

sie wurden immer schwächer und starben schließlich. Dann hieß es umpacken und vieles liegen lassen. Die Wagen ohne Pferde mussten stehen bleiben und die anderen Pferde hatten eine schwerere Last zu ziehen.

Die nächste Nacht verbrachten wir wieder auf einem verlassenen Gutshof.

Weit ab von irgendwelchen Häusern oder gar einer Ortschaft. Alle Männer, Frauen und Kinder, schliefen in einem großen Raum auf Stroh.

Wenigstens lang ausgestreckt und durch die Enge auch warm. Licht gab es keines.

Irgendwann in der Nacht flogen plötzlich die Türen auf und russische Soldaten mit Kerzen in den Händen kamen herein. Sie stürzten sich auf die Mädchen und Frauen und vergewaltigten sie an Ort und Stelle. Wir mussten alles mit ansehen, denn wir lagen nicht selten genau daneben. Rechts die Mutter und links vielleicht die Schwester.

Einige Soldaten hielten die brennenden Kerzen hoch und beleuchteten die Szenerie. Die anderen standen da und johlten, wenn sich die Frauen und Mädchen in ihrem Schmerz wanden und mit den Beinen strampelten. Mit grenzenlos brutaler Kraft spreizten sie den Frauen die Beine und vergingen sich stöhnend an ihnen. Ihre Brutalität steigerten die Soldaten noch mit lautstark aufpeitschendem Gebrüll. Chancenlos mussten die Frauen und Mädchen alles über sich ergehen lassen. Blutverschmiert lagen sie anschließend da und niemand wagte sie anzurühren. Niemand sagte etwas. Nur die Mädchen und die Frauen weinten leise in ihre zerrissenen Kleider. Keine wollte sich vor Scham zu erkennen geben. Als die Soldaten wieder verschwanden, konnte anschließend keiner sagen, wie lange sie da waren. Die Männer und Väter konnten nicht einmal als Tröster etwas ausrichten, weil sie gar nicht an ihre Frauen oder Töchter herankamen. Sie waren auch selbst durch das Erlebnis gelähmt.

Als wir am Morgen aufbrachen, war es eine gespenstische Ruhe, nur das Schnauben der Pferde war zu hören.

Viele Stunden später gaben die ersten Frauen wieder einen Ton von sich.

Die Mädchen, so ab 13 Jahren, schliefen einfach auf den Wagen oder taten so. Sie verstanden das alles überhaupt nicht.

Und für unsere Witzchen, die wir früher als Jungen immer über die Mädchen machten, schämten wir uns jetzt. Der Tag verlief sehr still, unterwegs trafen wir auch nicht auf Soldaten oder andere Leute.

Gegen Abend erreichten wir wieder einen Bauernhof, etwas weniger feudal wie die Gutshäuser, aber man konnte trotzdem erkennen, dass der Besitzer wohlhabend gewesen sein musste.

Unterwegs hatte ich mich mit der 14-jährigen Tochter einer Familie angefreundet. Sie war dem Treiben in der Nacht entkommen, weil sie gerade in einem abgelegenen Raum mal Pipi machen musste.

Sie versteckte sich dort, bis die Soldaten wieder weg waren. Ihre fünf Geschwister waren alle noch so klein, dass sie unbehelligt blieben.

Nur ihre Mutter hatte nicht das Glück. Der Vater weinte den ganzen Tag, weil er seiner Frau nicht helfen konnte. Die nahm ihren Mann ihn in den Arm und tröstete ihn. Was für eine verkehrte Welt.

Auf dem Bauernhof gab es mehrere Räume und auch genug Betten.

Ein Komfort, wie man ihn lange nicht erlebte. Aus Angst und der Erfahrung der vergangenen Nacht, packten die Eltern ihre 14-jährige Tochter unter das eine Bett, ein langes Laken verdeckte den Blick unter das Bettgestell. Die fünf kleinen Geschwister wurden quer auf das Bett gelegt.

Es sollte die schlimmste Nacht in meinem jungen Leben werden.

Sehr spät kamen wieder russische Soldaten und suchten sich junge Frauen aus.

Wegen der Erlebnisse der vergangenen Nacht, wollten einige Frauen sich nicht einfach in ihr Schicksal ergeben und wehrten sich. Schon wegen der Töchter, die ja ebenfalls dem Martyrium ausgeliefert waren. Sie boten sich für sie an und hofften, dass die Mädchen verschont bleiben. Es war zwecklos.

Meine Freundin wurde unter dem Bett entdeckt, weil ihre Füße heraus steckten.

Die Soldaten zogen sie unter lautem Gegröle an den Füßen hervor. Sie war starr vor Schreck und die Eltern wurden an einen Pfosten im Raum gefesselt. Mehrere Soldaten vergewaltigten sie, bis sie sich nicht mehr rührte.

Als die Mutter vor Schmerz schrie und sich nicht beruhigen konnte, hat einer der Soldaten sie einfach erschossen. Meine Freundin überlebte das alles nicht und starb noch in der gleichen Nacht.

Der Vater konnte nicht mehr reden und versorgte stumm seine fünf kleinen Kinder, so gut es ging. Die Flucht hatte uns allen ziemlich zugesetzt. Da wurde keiner verschont und die kleinen Seelen der Kinder waren sicher am meisten geschädigt. Aber es gab auch Erwachsene, die dem Druck und dem Erlebten nicht standhielten.

Eines Nachts gab es einfürchterliches Geschrei aus einem der Wagen im Treck, es muss gegen drei Uhr gewesen sein.

Einer hatte noch eine funktionierende Uhr und war der Zeitnehmer des Trecks. Er konnte die Zeit genau sagen.

Die Schreie waren so laut, dass es uns fast zerriss.

Angst führte dazu, dass erst niemand nachsehen wollte, es hätten ja wieder Russen sein können. Aber dann lief eine Frau schreiend um ihren Wagen herum und konnte sich nicht beruhigen.

Sie wurde vom eigenen Mann gezwungen, ihm zu Willen zu sein. Das hatte sie nicht verkraftet, nahm ein Messer und stach zu.

Wie in Trance versorgte die Frau ihren verletzten Ehemann und sagte immer wieder, dass sie ihn wohl verwechselt habe. Der Sohn aber, der am anderen Wagenende schlief, berichtete einem Freund, dass die Mutter schon eine lange Zeit den Vater abwehrte und nicht wollte, dass er sie nimmt. Der Mann verstarb an der Verletzung zwei Tage später.

Bei einer Rast an einem Bachlauf waren alle froh, etwas Wasser zu bekommen. Die Pferde konnten ihren Durst stillen, einige Frauen wuschen etwas unterhalb des Bachlaufs Unterwäsche, die Kinder sprangen einfach rein und erfrischten sich. Andere knieten an der Böschung und tranken direkt aus dem Bach.

Als ein Mann einen anderen fragte, ob er nicht Ekel empfinde, wenn weiter oben jemand in den Bach pinkelte, sagte der nur : „Bis das hier bei mir am Mund vorbeikommt, fließt das über tausend Steine und kommt gefiltert bei mir an!"

Im Treck war es an der Tagesordnung, dass es kleine Verletzungen gab, die bluteten. Dann wurde draufgepinkelt und die Wunde war desinfiziert. Es konnte also nicht so verkehrt sein und schon gar nicht schädlich. Aber in den Mund ? Wir haben auch an einer Feuerstelle gekocht. Kartoffeln mit Mehl und etwas Gemüse, das wir unterwegs in einem Gartengelände aufgefunden hatten.

Ich fragte meine Mutter, ob sie mit dem Wasser aus dem Bach das Essen gekocht hat. Sie sagte nur : „Iß und frag' nicht so viel !" Ich bilde mir noch heute ein, dass es nach Urin geschmeckt hat. Und seitdem mag ich keine gekochten Kartoffel mehr.

Als wir Anfang Juli 1945 unser Henningsdorf erreichten, waren die fünf jüngeren Geschwister meiner toten Freundin noch dabei, aber den Vater hatte niemand mehr gesehen. Einer sagte, er sei während einer Nacht zum See gelaufen, an dem wir eine Pause einlegten, sei aber nicht wiedergekommen.

Eine Tante konnte die Kinder abholen, die ebenfalls in Hennigsdorf wohnte und bei unserer Ankunft plötzlich auftauchte. Ein bisschen Glück im großen Unglück.

Nachdem sich unsere Familie notdürftig eingerichtet hatte, kam auch unser Vater wieder zu uns. Wir bestellten den Garten und konnten auf ein bisschen Ernte hoffen. Die Russen bauten in Dorfnähe ihre Zelte auf und errichteten einen militärischen Stützpunkt. Erst Unterkünfte und ganz wichtig, gleich anschließend auch ein Zelt mit Feldküche.

Wenn nun die Russen das verbliebene Vieh holten, um sich das zu schlachten, fuhren wir Jungs mit dem Handwagen zum Küchenzelt und lungerten rum. Mal guckten wir hier rein, mal dort rein, ob es etwas zu stehlen gab oder vielleicht etwas Abfall vom Schlachten, der noch verwertbar schien.

Die Russen merkten, dass wir wegen Hunger ums Zelt schlichen, kamen an und warfen einen großen Kuheuter auf den Handwagen. Sie lachten dabei und amüsierten sich, wenn wir fast überglücklich damit nach Hause fuhren.

Zuhause gab es erst staunende Gesichter über die Masse Fleisch, aber das verschwand angesichts der Tatsache, dass es ein Kuheuter war. Mutter sah, dass er schon ein oder zwei Tage gelegen haben musste und war skeptisch, damit etwas anfangen zu können. Bis dahin lagen die Reste vom Schlachten immer in den Straßengräben und Fuchs, Dachs und Ratten holten sich Nachts ihren Anteil.

Nach kurzer Überlegung aber kam Mutter mit einem Messer und sagte ganz entschlossen : „Na denn mal los !"

Die Arbeitsverteilung übernahmen die Frauen. Das Euter wurde abgezogen, wie man das mit Kaninchen macht, die Zitzen wurden abgeschnitten und das Euter in zwei Hälften zerlegt. Was viel Arbeit und Fingerspitzengefühl erforderte, war das Auftrennen der Hauptmilchadern. Sie waren so dick wie Strohhalme und mussten von den verdorbenen Milchresten befreit werden.

Gründlich wurden die Adern ausgewaschen.

Das Euter wurde in vier bis sechs große Stücke zerteilt, wieder saubergewaschen, dann in Würfel geschnitten und noch einmal alles in einen Bottich mit Wasser gelegt, wieder gewaschen und mit der Hand die Fleischwürfel wie ein Schwamm ausgedrückt, bis auch aus den kleinen Adern der letzte Rest Milch ausgequetscht war.

In Schmalz wurde das Fleisch gebraten und mit Kartoffeln und Gemüse, wenn vorhanden, auf den Tisch gebracht. Ein großes Euter konnte eine vierköpfige Familie fast eine Woche ernähren. Es war richtig gut und schmeckte.

Allerdings verzichtete ich auf die Kartoffeln – aus besagten Gründen.

Wir bekamen von den Russen so etwa vier oder fünfmal ein Euter in den Handwagen geworfen.

Nach einigen Wochen tauchten plötzlich Polen im Ort auf, die von den Russen aus ihren Dörfern im Osten vertrieben wurden. Sie schlenderten durch unseren Ort und besahen sich die Häuser. Wenn ihnen eines gefiel, erklärten sie den deutschen Eigentümern, dass jetzt sie die Besitzer seien. Das Leid der Leute begann von Neuem. Verlust der Habe und des Wertgefühls. Das trieb manchen an den Rand der Verzweiflung.

Um das zu verdeutlichen, muss man die Geschichte unserer Pferde erwähnen. Im Juli erreichten wir Henningsdorf mit nur noch sechs von 30 Pferden, die uns auf der Flucht zur Verfügung standen. Einige mussten wir damals unterwegs liegen lassen, andere konnten wir zerteilen, so gut es ging, und uns damit verpflegen.

Nun waren auch die drei letzten Pferde schon so geschwächt, dass sie ebenfalls starben. Sie hielten noch einige Wochen durch, aber dann ging es nicht mehr.

Die Polen ließen ein Loch graben, gossen Petroleum über die toten Tiere und schütteten das Loch zu. Als Bewacher mussten zwei Leute von uns das Grab bewachen, damit niemand die Tiere wieder rausholte, denn wir hatten alle immer noch Hunger.

Aber die zwei Bewacher taten das für uns, zerteilten in windeseile die Tiere und wir Jungs fuhren die ganze Nacht Pferdefleisch zu den Leuten im Ort.

Die Polen merkten es nicht oder wollten es nicht merken.

Egal, das Loch war wieder gefüllt und fertig.

Nach zwei Tagen konnten die Wachen wieder abziehen.

Morgens läuteten immer die Kirchenglocken und die Deutschen mussten zur Arbeit antreten. Man arrangierte sich mit den Polen so gut es ging, aber im November läuteten die Glocken für uns zum letzten Mal. Auf dem Sammelplatz wurde nun selektiert.

Meine Schwester und ihr Mann wurden dort eingereiht, wo die zu stehen hatten, die noch gebraucht wurden.

Mein Schwager war handwerklich sehr begabt und musste bleiben. Er war nicht allein geblieben. So etwa 20 andere Bürger waren noch dazu gekommen.

Alle anderen mussten innerhalb einer halben Stunde das Nötigste packen und sich wieder in der Dorfmitte einfinden. Unseren Handwagen hatten wir vollgeladen und standen nun da.

Alle mussten wir nun einen Marsch von 15 Kilometern antreten, denn in Trebnitz sollte es mit dem Zug weitergehen. Aus allen Richtungen stießen nun Deutsche auf den Treck und es bildete sich eine riesige Menschenraupe, die sich Richtung Trebnitz bewegte. Die Flucht dritter Teil begann, später unter der Bezeichnung „Vertreibung" in

die Geschichtsbücher übernommen.
Wieder war es Winter und die Temperaturen gingen dra-
stisch in den Keller.

Kapitel 3

FRIEDHELM   - 14 Jahre alt, als er mit den Eltern
von Vertriebenen vertrieben wird. Glocken läuteten die Flucht
per Zug ein. Völlig mittellos, nur die Kleidung am Leib,
erreichten zu viele nicht das unbekannte Ziel.

*Die Freude, wieder in der Heimat sein zu können, hat sich
schnell in eine Enttäuschung verwandelt. Aber als Junge
glaubt man einfach, dass alles besser wird. Wenn man weiß,
dass keine Soldaten mehr um sich schießen, ist das schon ein
Anzeichen von ungeheurem Komfort.*

*Wenn auch in beengten Verhältnissen, so konnte man doch
etwas nach vorn schauen und friedliche Zeiten erhoffen.
Wenn sich dann aber alles binnen Stunden wieder ändert
und die Hoffnungen zerschlagen werden wie Seifenblasen,
bekommt auch ein Junge von 14 Jahren die Wucht der
Machtverhältnisse und den Hass am eigenen Leib zu spüren.
Es entwickelt sich erst stille Wut, dann Trotz, das Gefühl
und der unbändige Wunsch, etwas zu basteln, das wie ein
Donnerkeil in die Menschen fährt, die einem so schreckliche
Dinge antun.*

*Aber man hat keine Zeit, sich über Programme Gedanken
zu machen, die nur vielleicht einmal zum Tragen kommen.
Es ist alles zu gedrängt, zu kompakt, um das Vorwärts-
kommen zu vernachlässigen. Nach und nach beginnt bei
Jugendlichen im Kopf die Vergesslichkeit ihre Arbeit, wenn
sich bei den Eltern und einem selbst etwas verändert, dass
man mit Zufriedenheit bezeichnet. Gut, dass es so ist, denn
die Lähmungen fürs Weiterleben werden schwächer.*

*Dafür gibt es andere Dinge, die an die Stelle treten und
neue Wut macht sich breit. Eigentlich hört der Kreislauf nie
richtig auf.*

Friedhelm Materne

Zugfahrt des Grauens

Abgestumpft und von den Erlebnissen während des
Krieges überwältigt, beginnen die Tage nicht besonders
fröhlich. Da erscheinen Floskeln wie „Morgenstund
hat Gold im Mund" oder „Ein neuer Tag, ein neues
Glück" wie Hohn. An jeder Ecke und beim Anblick der
Menschen, kommt man auf ganz andere Gedanken.

Ich weiß es nicht genau, aber es waren bestimmt schon
mehrere Wochen vergangen, hatten wir noch immer nicht
das Ziel unserer Fahrt erreicht. An den Bahnhöfen mochte man schon gar nicht mehr raussehen.

In den Waggons gab es immer mehr Platz, weil einige
„ausgestiegen wurden". Die Trauer von Angehörigen,
wenn sie sich denn im gleichen Waggon befanden, hielt
sich in Grenzen. Was sollten sie denn auch tun ?

Die Neugier, die dann aufkam, richtete sich nach
dem Namen des Bahnhofs, damit man wusste, wo der
Angehörige verblieben war. „Ich muss doch wenigstens
wissen, wo mein Mann begraben liegt", sagte eine Frau
wie zur Entschuldigung, weil sie fast hysterisch immer
wieder wissen wollte, wie der Bahnhof heißt, wo man
ihren verstorbenen Mann ausgeladen hat.

Einmal hielt unser Zug fast den ganzen Tag, aber keiner

durfte aussteigen. Der Hunger war übermächtig und die Frage, was man mit purem Mehl macht, konnte niemand beantworten.

In einer solchen Situation verliert man als Jugendlicher fast die Angst, weil man Gefahren noch nicht so richtig einschätzen gelernt hat. Ich nahm also eine Blechdose, füllte von dem Mehl ein und bettelte einfach die Wachsoldaten an, mal auf die Dampflok zu dürfen. Meine Hartnäckigkeit wurde belohnt und ich durfte nach vorn. In der Dampflok konnte ich von dem heißen Wasser etwas in meine Dose mit dem Mehl füllen. Ein unbeschreibliches Glücksgefühl, etwas zum Essen zu haben. Das Glück hielt aber nicht lange an.

Ein anderer nutzte in der Zeit, die ich in der Lok verbrachte, die offene Waggontür, um schnell seine Notdurft zu verrichten und streckte den nackten Hintern nach draußen. Von der Lok aus, als ich gerade heißes Wasser in die Dose gefüllt bekam, wurde plötzlich geschossen.
Dem Mann aus dem Waggon wurde dabei sein Hinterteil zerschossen und er starb kurz darauf. Später erfuhr ich, dass es Otto war, der seinen Hintern nach draußen gestreckt hatte.
Am nächsten Tag fuhren wir an einem Fluss entlang. Es war die neue Grenze zwischen Deutschland und Polen, was ich aber erst später erfuhr, denn für uns Jugendliche gab es Wichtigeres, als über Grenzverläufe zu reden. Der Zug hielt mitten auf der Strecke vor einer Brücke an, weil er nicht drüber fahren konnte. Sie war zerschossen und sah aus wie ein wirrer Haufen von Stahl.
Hier mussten wir alle aussteigen. Man öffnete die Türen

der Waggons und unsere wenigen Habseligkeiten flogen in hohem Bogen die Böschung hinab. Als jeder das aufgesammelt hatte, was ihm gehörte, ging es zu Fuß auf die Brücke zu. Früher eine Eisenbahnbrücke über die Oder, nun sollte sie unser Weg auf die andere Seite sein.

Die teils verbogenen Stahlträger der Brücke waren mit einigen wenigen Bohlen belegt, von denen zwischendrin welche fehlten. Wie sollten alte Leute darüber springen können ? Ein Geländer war nicht vorhanden. Wir waren froh, dass wir bei Tageslicht dort angekommen waren, denn ein anderer Zug muss Nachts dort seine Ladung abgeladen haben. Am Böschungsrand lagen Leichen im Wasser und auch Kinderwagen.

Eine Mutter in unserer Gruppe, die ein Kleinkind hatte, geriet bei dem Anblick in Panik. Und das war ja nicht unbegründet. Einige kümmerten sich um sie. Eile war angesagt, denn man gab uns zu verstehen, die Grenze so schnell wie möglich zu überwinden.

Am Zugang der Brücke saßen polnische Soldaten neben dem Bohlenweg und kontrollierten, in Augenhöhe mit noch gutem Schuhwerk, die Träger der Schuhe.

Wenn jemand mit guten Schuhen dabei war, hielt einer die Schuhe fest, ein anderer schubste den Körper die Brücke runter und die Schuhe waren frei. Mein Vater besaß gute Wehrmachtsstiefel und entging nicht seinem Schicksal. Barfuß krabbelten die Menschen die Böschung wieder nach oben und setzten ihren Weg über die Brücke fort.

Der Fußweg aus Bohlen war nicht sehr breit und eine Frau mit Kinderwagen hatte kaum eine Chance, heil ans andere Ufer zu gelangen. Ebenso erging es alten Leuten. Einige fielen nach unten in den Fluss. Wenn sie vorher auf die Träger der zerschossenen Brücke knallten, die kreuz und quer in die Gegend ragten, war es für sie zu spät.

Aber weinige hatten Glück und konnten von denen, die schon drüben waren, am Ufer noch aufgegriffen werden. Meist kam, wie schon gesagt, jede Hilfe zu spät. Wenn nicht jeder jedem ein bisschen geholfen hätte, wären sicherlich noch viel mehr Menschen dem Kletterpfad zum Opfer gefallen.

Ein früheres Gefangenenlager war unsere Unterkunft, das ersehnte Ziel, wenn man es so nennen will. Auf alle Fälle lag es in der Uckermark. Wenn ich mich heute erinnern möchte, muss ich sagen, dass es irgendwo zwischen Schwedt und Bad Freienwalde gelegen haben könnte. Es war etwa drei bis fünf Kilometer von der Brücke entfernt.

Und Nachts, wenn wieder Züge erwartet wurden, machten sich einige junge Männer auf den Weg, um dort denen zu helfen, die ohne Licht die Brücke zu überqueren hatten. Den polnischen Soldaten ging das oft nicht schnell genug und so schubsten sie die Leute vorwärts und dabei natürlich viele von der Brücke.

Am Ufer holten die Männer dann Tote und Schwerverletzte aus dem Fluss. Schlimm war es, wenn Babys im Arm der Mutter dabei waren.

Manche Menschen trieben in der schnellen Strömung aber auch ab, die hatte man nie wieder gesehen.

Im Lager selbst gab es nur Doppelpritschen zum Schlafen. Und in der ersten Nacht durfte sich niemand hinlegen, sondern musste mit dem Rücken gegen die Pritsche stehend die Nacht verbringen. Mit allen möglichen Dingen hatten die Leute, die keine Schuhe mehr an den Füßen trugen, diese gegen die Kälte zu schützen versucht.

Die russischen Soldaten waren erbarmungslos. Im Lager gab es kein Licht, denn es war kein Stromanschluss vorhanden.

Man konnte sich gut ausmahlen, wie es den Gefangenen erging, die von den Deutschen dort einquartiert wurden. In der ersten Nacht hatte sich ein Mann neben mir am Pritschengestell mit seinen Hosenträgern erhängt. Das hatte überhaupt niemand mitbekommen.

Unser Lager war die Schlafstelle für etwa ein Jahr, denn als wir dort ankamen, war es Winter und als wir von dort weggeholt wurden, schon wieder Winter.

Kritisch wurde es für die Leute, die keine Schuhe mehr an den Füßen hatten und auch keine als Ersatz im Gepäck. Sie froren entsetzlich. Die Lappen, die sie sich um die Füße banden, wurden auch immer weniger. Es gab nicht mal mehr Lappen. Eltern gaben sie an ihre Kinder ab und hofften auf wärmere Tage.

Manche verließen einfach nicht mehr das Lagergebäude. Es half vielen aber auch nicht, denn sie froren sich zuerst die Zehen ab, bekamen immer weniger Hunger und aßen nichts mehr. Die Kälte nahm ihnen die Kraft. Die Bewegungen wurden weniger und dann waren sie eines Morgens tot. Dann wurden die Kleidungsstücke verteilt und es gab wieder ein paar Lappen für die Füße.

Einige Männer schafften es irgendwie, Tabak aus eigenem Anbau zu transportieren, sie waren die kleinen Helden im Chaos. Zwischen den Händen zerrieben und in Zeitungspapier gewickelt, wurde die Zigarette für kurze Zeit zum „Glücklichmacher".

Ein Unglück dagegen war es, dass es jeden Tag nur Kohlrabisuppe und eine Scheibe Brot gab. Viele erkrankten allein daran und es starben an der Ruhr etwa vier bis fünf Leute pro Tag. Das alte Lager, dass früher Gefangenen als Unterkunft diente, war mit vielleicht 2000 Menschen gefüllt. Ständig kamen neue Leute dazu, somit wurde trotz der Todesfälle die Zahl nicht weniger.

Es gab kein frisches Wasser und alle Toiletten waren verstopft. Im Freien hob man eine Grube aus und ein Balken wurde darüber installiert.

Die Grube maß etwa 30 Meter in der Länge, 2 Meter in der Breite und war 2 Meter tief. Das war die Toilette für Männer, Frauen und Kinder gleichermaßen.

Anfangs hatte man als Unterteilung der Geschlechter noch Blechteile dazwischen gestellt, aber die wurden vom Wind immer umgeblasen, also ließ man sie wieder entfernen.

Manchmal saßen die Menschen drauf wie die Schwalben auf der Stromleitung. Allein oder im Familienverbund, dann wieder eine Lücke und wieder mehrere Leute. Frauen, Männer und Kinder gemischt, was nach und nach niemanden mehr interessierte.

Beobachtet wurde die Toilettenanlage von den russischen Soldaten, denn an jeder Ecke des Lagers standen Hochsitze, eine Art Wachturm. Rührte sich etwas im Lager und kam unkontrollierte Bewegung in die Sache, wurde sofort geschossen.

Der Hunger trieb aber uns Jugendliche an. Nachts stahlen wir uns aus dem Lager, was mit etwas Glück und guten Nerven möglich war. Im nächsten Ort gingen wir zu den Bauern und bettelten um etwas Essbares.

Die Nacht darauf schlichen wir dann wieder auf dem gleichen Weg zurück ins Lager. Das ging ständig hin und her.

Eine dieser Nächte werde ich nie vergessen können, denn es passierte etwas, wovor uns die Bauersleute warnten, als wir bei ihnen waren und zu essen bekamen.

Fast ohnmächtig vor Hunger waren wir mit frischgebakkenem Brot versorgt worden und nicht nur das, sondern auch mit reichlich Gänseschmalz. Wir konnten gar nicht schnell genug essen und schlangen so schnell die frischen Brotscheiben mit Gänseschmalz runter, dass den Bauersleuten angst und bange wurde.

„Jungchens, ihr dürft nicht so viel auf einmal essen. Das wird euer Magen euch verübeln !" Wir grinsten uns beim Essen nur an und genossen die wohlschmeckenden Brote mit Gänseschmalz. Noch eins und noch eins und noch eins !

Als wir also auf dem Rückweg waren, bekamen wir die wohlgemeinten Warnungen leibhaftig zu spüren. „He, wartet, ich muss dringend mal", war der meist gehörte Satz auf dem Rückweg. Jeder von uns benutzte ihn mehrfach. Hose runter, fertig. Drei Schritte gehen, Hose wieder runter.

Das wollte gar nicht aufhören, diese elende Scheißerei. Und es tat nach einer weile auch gehörig weh. Papier für den Hintern hatten wir auch nicht, also mussten große Blätter von Bäumen und Unkraut herhalten. Dass wir auch Brennesseln in der Dunkelheit erwischten, machte die Angelegenheit nicht unbedingt angenehmer. Manchmal lag der Schrei auf den Lippen, aber das ging natürlich gar nicht. Unsere Scheißerei dauerte fast den ganzen Tag an und das tolle Brot mit Gänseschmalz machte uns sogar wütend.

Bei unseren nächtlichen Ausflügen war auch immer eine junge Frau mit gegangen, denn sie hatte einen Säugling, den sie zu versorgen hatte. Der kleine Junge war das Ergebnis einer der vielen Vergewaltigungen.

Sie hatte immer gesagt, dass sie eigentlich verheiratet sei, aber keine Ahnung hat, wo sich ihr Mann befindet oder ob er überhaupt noch am Leben ist. Sie machte sich darüber Gedanken, wie sie ihm das mit dem Baby erklären soll.

Wir gingen also wieder los und zu dem Bauern, der uns schon öfter half. Die junge Frau hatten wir im Dunkeln verloren und sie muss zu einem anderen Hof gelaufen sein. In der nächsten Nacht stieß sie wieder auf uns und wir erreichten gemeinsam unser Lager.

Die Geschichte, die wir von ihr am folgenden Tag zu hören bekamen, war so ungeheuerlich, dass wir nicht wussten, ob wir lachen oder weinen sollten.

In der Nacht, als sie auf einen anderen Hof gelangte, bei dem wir vorher nie waren, traf sie ihren Ehemann wieder. Er war bei dem Bauern als Hilfskraft angestellt. Sie erzählte ihm die Geschichte mit der Vergewaltigung und er sagte, dass sie in der nächsten Nacht das Baby mitbringen soll. Das würden sie schon zusammen schaffen.

Das Baby der jungen Frau war in der Nacht, als sie um Essen bettelte und dabei ihren Ehemann wiedertraf, an der Ruhr gestorben. Sie musste es im Lager beerdigen. Es wurde dort hingebracht, wo alle Toten aus dem Lager hinkamen. In der nächsten Nacht verschwand sie nun allein. Wir haben sie nie wieder gesehen.

Es war Sommer geworden und die Latrine, die allgemeine Kloanlage, war bis oben hin voll.

Die Soldaten warfen eine dünne Schicht Erde drauf und hoben an anderer Stelle eine neue Grube aus.

Das Drama begann, als neue Leute ins Lager kamen, die mit der üblichen Krankheit belastet waren und eilten auf den ersten freien Platz, um ihre Notdurft zu verrichten. Die Soldaten zeigten nur in die Richtung und an einen Balken, der noch immer an der gefüllten Grube stand. Den aber zu benutzen, daran dachte keiner. Die Leute rannten direkt in die alte Latrine und versanken bis zum Hals in den Exkrementen. Die schwache Erdschicht verdeckte zwar, aber hielt nicht ein Menschengewicht aus. Im Lager hatten wir reichlich zu tun, die Leute aus dem Dilemma zu befreien. Andere standen dann Wache, wenn neue Leute ankamen, damit denen nicht das gleiche Schicksal beschieden war.

Ein anderes Drama geschah mehr aus Unwissenheit und war nicht beabsichtigt. Wenn wir jungen Leute auf Tour waren, kamen wir auch an Stellen, die sich für uns fast wie ein Abenteuer darstellten.

Ein verlassenes Militärgelände, von den deutschen selbst zerstört, muss mal eine Produktionsstätte für Flugzeuge oder so ähnlich gewesen sein. Wir fanden dort Unmengen von Plastikscheiben. Wie jung Leute nun mal sind, forschen sie auch unabsichtlich. Wir schlugen die Scheiben in kleine Stücke und versuchten sie anzuzünden.

Zu unserer Überraschung, sie brannten sogar. Wir nahmen sie ins Lager mit und freuten uns darüber, eine Lichtquelle zu haben, denn Kerzen waren auch nicht heller und Mangelware.

Dass es schwarz qualmte, sorgte uns weiniger und die schwarzen Tropfen, die aus den Flammen kamen, auch nicht sonderlich. Die Erwachsenen ließen uns machen, denn das war auch denen egal, wenn es nur etwas Licht brachte. Die dünnen Fäden, die beim Brennen mit dem Qualm aufstiegen, hatten aber eine dramatische Wirkung. Die alten Leute, die nicht mehr aus dem Lager ins Freie konnten und frische Luft abbekamen, wurden von einer Augenentzündung geplagt und erblindeten kurz darauf.

Das Abbrennen der Plexiglasscheiben wurde sofort verboten, als die Ursache der Erblindung feststand. Vorwürfe bekamen wir keine, aber das tröstete uns auch nicht sonderlich, waren doch einige von uns direkt betroffen, weil die Oma oder der Opa ein Opfer unserer Idee wurde.

Der Sommer ging vorbei und die nahenden kalten Temperaturen brachten die schrecklichen Tage in Erinnerung, die wir im ersten Winter erlebten. Sollte nun alles von vorn losgehen ? Einige Lagerinsassen hatten Glück, denn nahe Verwandte machten sie ausfindig und konnten sie abholen.

Kapitel 4

FRIEDHELM   - 21 Jahre alt, war endlich mit den
Eltern wieder auf eigener Scholle. Gute Perspektiven für die
Zukunft.Aber dann waren Lauscher unterwegs und machten
das Leben zur Qual. Die Situation DDR zwang zu einer weiteren Flucht.

*Es heißt, dass alles im Leben einen Anfang und auch ein
Ende hat. Nur in meinem Fall hat sich der Anfang bis jetzt
ganz schön lange hingezogen. Da gab es kaum einen Moment
im Leben, der ein Ende erkennen ließ.*
*Um auch diese Seite, das Ende, einmal im Leben kennen zu
lernen, dafür ist man bereit, einiges in Kauf zu nehmen. Da
verliert sogar das Wort Flucht seinen Schrecken, denn daran
war man ja längst gewöhnt.*
*Die einzige Spannung, die dem Menschen bleibt, ist dann
die Frage : „Wie wird das alles werden ?"*

Friedhelm Materne

Lauscher, Lügner und Leinsamenanbau

Eines Tages stand plötzlich meine Schwester Käthe im Lager, die mit ihrem Mann damals in Henningsdorf bleiben musste und holte uns heraus. Sie war lange nach uns aus Henningsdorf weggegangen und direkt zu einer Tante nach West-Berlin gefahren, wo sie deren Drogerie übernehmen konnte.

Das Lager zu verlassen, hätten wir wohl mit der Adresse der Tante auch erreichen können, aber das Verhältnis war nicht so besonders – und manchmal ist der Stolz auch ein Hinderungsgrund.

Wir richteten uns in Berlin so gut es ging ein, wussten aber, dass es nicht von Dauer sein kann. Es verging etwa ein Monat und wir machten schon Pläne für die nahe Zukunft, als plötzlich eines Abends mein Bruder Kurt vorm Fenster der Drogerie auftauchte und anklopfte.

Kurt hatte viele Monate in französischer Gefangenschaft verbracht. Als die vier Siegermächte Berlin in Sektoren unterteilten, wurden in Frankreich Lebensmittellieferungen in Eisenbahnwaggons geladen, um die Menschen in Berlin zu versorgen.

Mit einem Kameraden konnte er sich in einem Waggon zwischen all den Orangenkartons verstecken und sie ließen sich zupacken.

Die Fahrt nach Berlin dauerte 14 Tage, in denen die beiden nur von Orangen lebten. Sie hatten mit drei bis vier Tagen Reisezeit gerechnet.

Im hinteren Teil, hinter allen Kartons, sägten sie ein Loch in den Waggonboden und nutzten es als Toilette.

Als sie eines Tages deutsche Stimmen von draußen hörten, die nach Berliner Dialekt klangen, machten sie das Loch größer und stiegen bei ganz langsamer Fahrt aus. Per Anhalter erreichten sie uns gegen Abend. Die Adresse der Tante, die schon immer in Berlin war, wurde zum Anlaufpunkt der gesamten Familie.

Nach einem Monat in West-Berlin, hatten wir uns vom Lageralltag gut erholt. Aber es war für die Familie nicht tragbar, so auf engstem Raum zusammen zu leben. Da entschieden sich meine Eltern mit meinem älteren Bruder, von der Stadt aufs Land zu ziehen.

Wir gingen nach Weesow, etwa 15 Kilometer nordöstlich von Berlin, in den Bereich der sowjetisch besetzten Zone. Meine Eltern pachteten dort einen Hof mit 20 Hektar Land. Mein Bruder Kurt ebenfalls, denn mit dem Vater wollte er nicht auf dem gleichen Hof sein. Kurt heiratete bald und hatte nun eine eigene Familie, und lebte nicht weit von uns. Der Kontakt zu ihm wurde aber nicht davon geprägt, dass man sich oft gesehen hat.

Mein Bruder Paul hatte die Landwirtschaft nicht für sich als Lebensziel entdeckt und machte eine Schneiderlehre. Danach ging er als Zivilangestellter auf den Militärflugplatz bei Werneuchen, wo er für die Russen die Uniformen nähte.

Von 1946 bis 1953 hatten wir schwer gearbeitet. Die Ernte : Getreide, Kartoffeln, Milch und Eier, sowie Fleisch, musste komplett abgeliefert werden. Nichts ist uns geblieben, obwohl wir rackerten und schufteten. Es war wie der Schritt vom Regen in die Traufe, nichts besserte sich zum Guten.

Da war zum Beispiel die Kartoffelernte. Direkt vom Feld wurde der volle Pferdewagen zum Bahnhof Werneuchen gefahren und alles auf Züge verladen.

Unterwegs musste die Ladung besonders geschützt werden, damit die Leute die Kartoffeln nicht von der Ladefläche klauten.

Im Herbst dann das Unglaubliche, die Russen spendeten uns Saatkartoffeln. Als wir dann aber feststellten, nachdem sie sich von der Regierung und der Presse für die gute Tat haben feiern lassen, dass wir unsere eigenen Kartoffeln gespendet bekamen, waren wir sauer, aber völlig sinnlos. Es musste verschwiegen werden. Die Kartoffeln kamen aus Waggons, die in Hallen abgedeckt gestanden haben. Das obere Drittel trieb schon kräftig aus, die Lagen darunter waren verfault.

Dafür konnten wir die Behörden bei anderen Dingen überlisten. Die Milchproduktion wurde nach Fettgehalt berechnet. Da der Fettgehalt in der Milch von Kühen geringer war, als gefordert, mussten wir Leinsamen anbauen, um einen Fettausgleich zu schaffen. Eine gehasste Arbeit, weil sie aufwendig und schmutzig war und wenig einbrachte.

So streckten wir die Milch mit Ziegenmilch, die einen hohen Fettgehalt besitzt. Das ersparte uns den Leinsamenanbau.

Denn bei der Fettkontrolle war die Milch unserer Kühe immer über dem geforderten Limit. Das verstanden die Kontrolleure nicht und brauchten ein Jahr, um uns auf die Schliche zu kommen. Unsere Ziegen mussten wir daraufhin abgeben. Ein herber Verlust.

Zweimal jährlich meldete sich die Behörde an, um das

Vieh zu zählen. Da hatten wir, gelinde ausgedrückt, die Schnauze gestrichen voll und versteckten ein Schwein vor der Kontrolle. Ich nahm das kräftigste Schwein und brachte es in eine separate Bucht, deckte es mit Stroh ab, legte mich drauf und hielt dem Vieh während der Zählung die Schnauze fest zu.

Durch den Krach der anderen Schweine, fiel das leise Grunzen unter mir nicht auf. Man wunderte sich nur, dass ich da im Stroh so verdreht liege. Aber der Vater sagte, dass es mir nicht so gut gehen würde. In den sieben Jahren hatten wir das nur einmal geschafft und konnten ein Schwein für uns allein schlachten.

Der Krieg war längst vorbei, aber die Nachwirkungen waren fast schlimmer zu ertragen als die Kämpfe.

Nachts schickte die SED ihre Lauscher los und die saßen unter den Fenstern der kleinen Bauernhäuser, um zu hören, ob man RIAS Berlin im Radio eingeschaltet hatte. Verbotene Westsender waren ein Grund für sofortige Verhaftung. Einer, der erwischt wurde, ward nie mehr gesehen.

Es war nicht mehr auszuhalten und so entschlossen wir uns zu einer weiteren Flucht. Ich war inzwischen 21 Jahre alt, aber das Leben bestand bis dahin aus Furcht, Flucht und Entbehrungen. Der Kopf war gefüllt mit Unrat, was für einen jungen Menschen normalerweise reicht, um ihn seelisch zu vernichten.

Aber da manchmal die Hoffnung und der Glaube an das Gute überwiegen, kommt man wieder auf die Beine und gewinnt Kraft, neue Herausforderungen anzunehmen.

Bis 1953 hatten wir mit unseren Eltern geschuftet, dass wir kaum Luft holen konnten. Aber es machte sich der Verdacht breit, dass es nicht für uns war, sondern für Leute, die nicht wussten, was Arbeit bedeutet.

Es machte keinen Spaß, die Motivation war auf dem Nullpunkt und manchmal hatte man das Gefühl, dass sogar die Tiere keine Lust mehr hatten.

Die Ernten fielen immer schlechter aus, da wir immer nur ein und dieselbe Frucht auf dem Feld anbauten. Der Wechsel, der für den Boden so wichtig ist oder eine Ruhephase für den Ackerboden, kannte man nicht. Saat rein, warten und ernten. Schauerlich, dem Boden etwas abzuverlangen. Ständig ging man mit dem Gefühl über die Felder, sich bei der Krume entschuldigen zu müssen.

Der Plan zur Flucht reifte ebenso langsam und bedächtig wie unsere Frucht auf dem Acker. Aber gewaltig ! Nebenher hatten wir noch den Auftrag der Gemeinde Weesow, Steinkohle am Bahnhof in Werneuchen zu laden, um sie zur Schule nach Weesow zu bringen. Bei dieser Fahrt mit unserem Pferdewagen reifte der Fluchtplan, denn es kristallisierte sich unsere einzige und letzte Chance heraus.

Zu der Zeit gab es noch keine Mauer, die S-Bahn fuhr noch durch ganz Berlin. Allerdings unterstand die S-Bahn der Ostpolizei, denn die Bahn war Hoheitsgebiet der DDR. Entdeckten die Polizisten jemanden, der fliehen wollte, hielten sie ihn solange fest, bis die Bahn wieder DDR-Boden unter sich hatte. Meist war für die Leute, die der DDR den Rückenzukehren wollten, Ostberlin Endstation. Sie wurden abgeführt und man sah und hörte von ihnen nie wieder etwas.

Zuhause sprachen wir alle Einzelheiten genau durch, denn es durfte nichts schief gehen. Bruder Kurt, der sich selbst einen Hof organisierte, erzählten wir davon nichts, denn der hatte geheiratet und der Onkel seiner Frau war ein Parteigänger. Eine gefährliche Sache also.

Eine weiterer Kohletransport, für die Schule in Weesow, sollte uns den Weg in die Freiheit ebnen. Unsere Eltern schickten wir mit dem Zug schon nach West-Berlin voraus.

Mein Bruder Paul und ich machten unsere Pferde klar und wir fuhren den ganzen Tag zwischen Weesow und dem Bahnhof von Werneuchen hin und her, die Kohle für die Schule zu holen. Vor unserer letzten Fahrt fütterten wir die Schweine und die Kühe im Stall.

Auf dem kurzen Weg zum Bahnhof in Werneuchen steigerte sich unser Pulsschlag von Minute zu Minute.

Der Blick auf unsere Pferde verursachte ab und an etwas Magendrücken, denn wir liebten diese treuen Helfer über alles. Und wenn einer von uns etwas zur Flucht flüsterte, richteten die Pferde die Ohren in unsere Richtung, als ob sie alles verstehen könnten.

Am Bahnhof machten wir uns an den Pferden zu schaffen, bis der Zug auf dem Bahnhof nach West-Berlin bereitgestellt wurde. Mit wackeligen Knien banden wir die Pferde an einem Baum fest, blickten uns um, ob die Luft rein war und verschwanden ungesehen im Zug.

Die ganze Fahrt über zitterten wir vor lauter Angst, man könnte uns entdecken. Es ging alles gut und auch unsere Eltern waren in Berlin gut angekommen. Wir kamen alle zusammen in das Flüchtlingslager Berlin-Spandau.

Bis wir alle Papiere zusammen hatten, vergingen vier ganze Monate.

In der Zeit war aber mindestens dreimal ein Funktionär der SED bei uns, um uns zu überreden, wieder zurück nach Weesow zu gehen.

Als Bonbon versprach man uns, den Hof und die 20 Hektar Land zu schenken. Wir lehnten das Angebot dankend ab. Endlich kamen wir aus dem Dunstkreis dieser penetranten SED-Funktionäre und wurden nach Hamburg ausgeflogen.

Im Süden von Hamburg, in Wentorf, wurden wir wieder in einem Flüchtlingslager untergebracht, was aber, wie auch das in Berlin, sehr gut gepflegt und organisiert war.

Ich bekam Arbeit bei einem Bauern und konnte das erste Mal im Leben frei atmen. In dem halben Jahr konnte ich mich richtig erholen. An ein großartiges Erlebnis erinnere ich mich gern, denn im Frühjahr 1954 besuchte der damalige Bundeskanzler Konrad Adenauer unser Lager. Nach seiner sehr bewegenden Rede stieg er vom Podest und kam direkt auf uns zu, begrüßte die Menschen mit Handschlag und ich konnte ein paar Worte mit ihm wechseln. Er erkundigte sich, wie es uns erging und wie wir aufgenommen wurden und wie wir untergekommen waren.

Er fragte uns auch nach den Gründen der Flucht aus der DDR und wir erklärten ihm, dass wir in der DDR unseren Hof zurückgelassen hatten. Ein anderer neben mir fragte, ob er seinen Betrieb je im Leben wiedersehen und was nun daraus werden würde.

Nie im Leben werde ich seine Worte vergessen, denn er

sagte zu uns wörtlich : „Solange ich Bundeskanzler bin, wird es keine DDR geben und wird auch niemals anerkannt.

Macht euch keine Sorgen, die Wiedervereinigung wird kommen. Und dann wird auch euer Besitz wieder euren Namen tragen."

Dass es dann aber noch 35 Jahre dauern würde, konnte auch Adenauer nicht wissen, aber seine Prophezeiung ist Wirklichkeit geworden. Ich war damals mit fliegenden Fahnen in die CDU eingetreten und habe es bis heute nicht bereuen müssen.

Auch wenn es nur eine der wenigen Versprechen war, die von Politikern gehalten wurden, prägte es für ein langes Leben, machte Zuversicht und Mut die Ärmel hochzukrempeln.

Meine Eltern und ich zogen dann aus dem Lager aus und kamen nach Wuppertal. Von dort wurde ich nach Neviges und Dönberg geschickt und bekam in einem Walzwerk eine Anstellung. Ich wurde als Kranführer ausgebildet.

Bruder Walter und auch Paul entschlossen sich, nach Kanada auszuwandern. Sie bleiben dort und waren nur selten zu Besuch in Deutschland. Sie verstarben sehr früh, was aber zumindest bei einem auf den Alkoholkonsum zurück zu führen war. Schwester Käthe verließ Berlin und ging mit ihrem Mann nach Beverungen, wo sie auch verstarb.

Die Vergangenheit holte mich aber auch nach dem Krieg ein und ich musste erkennen, dass es immer wieder Gaunern gelingt, Fuß zu fassen und sich am Leid anderer zu bereichern.

Ich traf einen Mann wieder, den ich früher auf einer meiner Fluchten schon kennen lernte. Das Werk, in dem ich als Kranfahrer beschäftigt war, kaufte ausgerechnet dieser mir bekannte Nazi nach dem Krieg, und nun war er wieder Chef. Der etwas beleibte Mann hatte zu jedem Anzug das passende Auto, was die Farbe anging.

Das Walzwerk in Neviges gehörte vor dem Krieg einer jüdischen Familie. Die Eisengießereien in der Nachbarschaft lieferten den Stahl, den man verarbeiten musste. Der neue Chef, schon in Kriegszeiten mit dem Walzwerk stark verbunden, weil für die Kriegsmaschinerie gearbeitet wurde, erweiterte seine Werke und schaffte in kurzer Zeit ein Imperium. Aber er übernahm sich und musste Konkurs anmelden. Mit einer Hotelkette ging es aber scheinbar unbeschadet in die nächste Runde und geschäftlich wieder bergauf.

Alles war möglich, weil er nach dem Krieg eine Jüdin heiratete. Die Wandlung eines aktiven Nazis, die nur wenige verstanden. Niemals wurde bei ihm eine Rückgabe des Walzwerks verlangt oder wegen Ausgleichszahlungen nachgefragt.

Die Heirat schützte ihn vor allerlei Verfolgung und Anfeindung. Manche sahen hinter die Fassade und waren bestürzt. Aber das war es auch schon.

Weiterhin war es sehr eigenartig, dass er als Handelspartner in die DDR fahren konnte und immer wieder zurück kam. Und das als bekannter Nazi.

Aber vielleicht lag es daran, dass die neuen Waggons, die wir mit langen Blechen beluden, nicht wieder aus der DDR zurück kamen. Sie blieben einfach dort. Die Dächer der Waggons waren als Schiebedächer gebaut, damit von oben die sperrigen Bleche mit dem Kran eingeladen werden konnten. Zurück kamen immer nur alte Waggons der DDR, bei denen wir die Bleche umständlich durch die Türen einbringen mussten.

Die erste Zeit war es nicht leicht, Fuß zu fassen und von Null auf Hundert zu kommen. So nahmen wir das Angebot gerne an, uns in der Kleiderkammer der Kirche zu bedienen und Kleidung für den Übergang zu empfangen. Aber die konnte man nur bekommen, wenn man auch katholisch war. Das kannte ich schon aus einer anderen Zeit, also waren wir sofort katholisch.

Und nach und nach besuchte uns auch der Herr Pfarrer zuhause. Da wir die Gaben der Kirche empfangen hatten, wären wir doch auch verpflichtet zu geben.

Die Besuche wurden häufiger und wir sind immer öfter durch den Garten verschwunden, wenn der Herr Pfarrer auf unser Haus zukam.

Seit den letzten Tagen des Kriegs hatten wir niemand von der Kirche gesehen. Hilfe konnten wir nicht erwarten, als wir sie am nötigsten gebraucht hätten.

Die Kirchen, die wir in Ortschaften auf unserer Flucht gesehen haben und die wir aus reiner Neugier besuchten, waren leer, der Altar war noch nicht einmal abgeräumt und die Sitzkissen lagen noch auf den Bänken. Die Gesangbücher lagen gestapelt in einer Ecke hinter dem Altar. Alle Türen waren offen.

Eine Kirche hatten wir von weit gesehen, aus deren Fenster Qualm nach draußen drang. Mit zwei Freunden sind wir in der Dunkelheit hingegangen, um nachzusehen, was da passiert war. Alle Bänke waren herausgerissen und in der Mitte der Kirche verbrannt worden.

Soldaten hatten wohl dort genächtigt und sich mit dem Feuer in der Kirchenmitte etwas Wärme erzeugt. Das Kreuz hinter dem Altar stand aber noch und Jesus am Kreuz blickte auch nicht anders als wir.

Von irgend woher hatten sie auch Hühner mitgenommen und sie hier geschlachtet und über dem offenen Feuer gegrillt. Die vielen Federn, die Köpfe und Füße lagen verstreut in der Sakristei.

Ein Soldat lag auch erschossen gegen die Wand gelehnt, über ihm das Kreuz mit Jesus Christus. Alles war voller Blut. Ein schauerliches Bild. Wir stürzten wieder aus der Kirche und zurück zum Treck.

Das sind die Erinnerungen, die uns jetzt in der neu gewonnenen Freiheit und Sicherheit einholen und beschäftigen. Jetzt lief uns ein Pfarrer wieder die Bude ein und erinnerte sich, dass es noch Menschen gibt, die wieder in den Schoß der Kirche geholt werden müssen. Trotz allem schrieben wir zum Bruder in Weesow freudig, dass es uns gut geht und er sich nicht sorgen müsse.

Etwa ein halbes Jahr später stand plötzlich unser Bruder Kurt vor der Tür, der den Hof hatte, der sich nicht weit weg von uns befand. Er war mit Frau geflohen und kam direkt zu uns nach Wuppertal.

Er blieb aber nicht lange, dann fuhr er wieder nach Osten zu seinem ehemaligen Hof zurück. Die Frau hätte Heimweh bekommen.

Er schrieb uns, dass er seinen Hof wiederbekommen hat und glücklich ist. Wir verstanden das alles überhaupt nicht, denn wenn der Onkel Parteigänger ist und er flüchtet ?

Dann wird er mit offenen Armen wieder aufgenommen !
Alles sehr merkwürdig, aber was sollten wir uns darüber
Gedanken machen ?

Kaum erholt und die Fragen noch nicht beantwortet,
war unser Bruder kurz darauf schon wieder im Westen
gelandet. Mit Frau, die solches Heimweh hatte, ist er
direkt nach Beverungen gekommen. Er war ganz normal
ausgereist, trotz Onkel bei der SED.
Da machten wir uns schon Gedanken, wie das wohl funk-
tionierte.
Und ganz verrückt war, dass er seine ganzen Habseligkeiten
mit vielen Paketen zu Freunden vorausgeschickt hatte.
Er bekam in einem Krankenhaus eine Stellung im
Pflegedienst, die er bis zu seiner Rente ausfüllte.
Davon hatte er aber nicht viel, denn er ist dann ziemlich
bald an seiner Alkoholsucht gestorben.
Nach vier Jahren lernte ich meine erste Frau kennen
und zog mit ihr nach Götzen in den Vogelsberg, wo wir
gemeinsam ihre elterliche Landwirtschaft weiterführten.
Wir mussten die kleine Landwirtschaft aufgeben und
ich fuhr einen LKW für einen Getränkegroßhandel
in Schotten. Ich baute mit meiner Frau einen eigenen
Betrieb auf und führte etwa 20 Jahre neben einem
Getränkegroßhandel noch einen Zeltverleih.

Nach 12 Ehejahren kam die Scheidung und eine neue
Partnerin führte das Geschäft mit mir noch weitere 10
Jahre. Unsere ältesten Kinder aus unseren vorangegange-
nen Ehen hatten kein Interesse, den Großhandel weiter
zu betreiben und unser gemeinsamer Sohn war erst im

Kindergarten. Ich verkaufte das Geschäft und machte mich im Gastgewerbe selbständig.

Das war in Fulda, aber da wir nicht katholisch waren, konnten wir nach einem Jahr wieder gehen, denn bei der Einschulung unseres Sohnes stellte man fest, dass wir evangelisch sind. Daraufhin blieben die Gäste einfach aus. Ein altbekanntes Szenario.
Diesen Wegzug aus Fulda könnte man als die fünfte Flucht bezeichnen, aber diesmal ging es ohne Hektik vonstatten. Es war niemand hinter uns her und wir konnten auch in Ruhe das Ziel aussuchen.
Wir hatten halt nur die falsche Konfession.
Seit 1984 sind wir nun immer noch im Gastgewerbe, aber ohne die Frage nach der Konfession. Unser Sohn und die Enkel sind mit im Geschäft eingebunden und wir denken, dass die „Flüchterei" endlich ihr Ende gefunden hat.

Epilog

Nach der Wende habe ich mit meiner Frau die Reise in die Vergangenheit gewagt. Ich besuchte mit zittrigen Knien meinen Heimatort Klarenwald , heute das polnische Chrzastowa Wlk.

Beim Spaziergang durch den Ort, der heute völlig anders aussieht, schon alleine durch die geteerte Dorfstraße, die früher ein Schotterweg war, haben mich die Gefühle übermannt. Als ich die beiden alten Schulgebäude sah, war es mit der Beherrschung vorbei.

Eine damals noch junge Nachbarin traf ich wieder. Sie hatte einen Polen geheiratet und blieb als einzige im Ort. Sie wohnte sogar noch im Haus ihrer Eltern und hatte Klarenwald wohl nie verlassen. Aber darüber sprach sie nicht, ich vermute es einfach. Deutsch konnte sie noch ganz gut. Sie selbst war gesundheitlich nicht mehr ganz auf der Höhe und ihr Mann war dem Alkohol mehr zugetan als der Familie. Viel berichten konnte sie mir nicht mehr, sie hatte fast alles vergessen.

Eine meiner eigenen Erinnerungen kam am Straßenrand wieder, als ich den unaufgeräumten und mit Gestrüpp überwucherten Graben sah. Es war etwa ein halbes Jahr vor unserer Flucht.

Meine Schulkameraden und ich hatten bis dahin keine großen Vorstellungen von Krieg. Als ein paar Flugzeuge am Himmel auftauchten und auf den Ort zuflogen, sahen wir interessiert zum Himmel. Das hatten wir noch nicht gesehen.

Ganz in unserer Nähe standen zwei polnische Gefangene, die bei der Feldarbeit eingesetzt waren.

Sie unterhielten sich und als sie die Flugzeuge sahen, erschraken sie.

Ohne lange Redereien packten sie uns drei Jungen, warfen uns in den Straßengraben und sich selbst auf uns. Es war keine Sekunde zu spät, denn die abgefeuerte Rakete zischte über uns hinweg, etwa 50 Meter weiter in den Boden und explodierte. Unseren Rettern flogen die Brocken um die Ohren und einiges davon auf deren Rücken. Als sie aufstanden und gingen, sickerte Blut bei einem von ihnen durch das Hemd.

Sie hatten uns wahrscheinlich das Leben gerettet. Und bedanken konnten wir uns nicht, denn es war verboten, mit einem Gefangenen zu reden. Ihre Rettungstat machte also erst möglich, dass ich meine Erlebnisse überhaupt aufschreiben konnte.

Danach war ich noch einmal in Klarenwald, aber das sollte es dann auch gewesen sein. Im Nachhinein bin ich froh, noch einmal meinen Heimatort gesehen zu haben, hatte er doch viele Einzelheiten meines Lebens zurückgeholt, die ich nun, da sie für meine Nachkommen festgeschrieben stehen, beruhigt vergessen kann.